FIRST PUBLISHED IN THE UNITED STATES OF AMERICA BY VIKING, AN IMPRINT OF PENGUIN RANDOM HOUSE LLC, 2023
TEXT COPYRIGHT © 2023 BY MAX BRALLIER
ILLUSTRATIONS COPYRIGHT © 2023 BY DOUGLAS HOLGATE
PENGUIN SUPPORTS COPYRIGHT. COPYRIGHT FUELS CREATIVITY, ENCOURAGES DIVERSE VOICES, PROMOTES FREE SPEECH, AND CREATES A VIBRANT CULTURE. THANK YOU FOR BUYING AN AUTHORIZED EDITION OF THIS BOOK AND FOR COMPLYING WITH COPYRIGHT LAWS BY NOT REPRODUCING, SCANNING, OR DISTRIBUTING ANY PART OF IT IN ANY FORM WITHOUT PERMISSION. YOU ARE SUPPORTING WRITERS AND ALLOWING PENGUIN TO CONTINUE TO PUBLISH BOOKS FOR EVERY READER.
COPYRIGHT © FARO EDITORIAL, 2024

Todos os direitos reservados.

Nenhuma parte deste livro pode ser reproduzida sob quaisquer meios existentes sem autorização por escrito do editor.

Milkshakespeare é um selo da Faro Editorial.

Diretor editorial: **PEDRO ALMEIDA**

Coordenação editorial: **CARLA SACRATO**

Assistente editorial: **LETÍCIA CANEVER**

Tradução: **ADRIANA KRAINSKI**

Preparação: **GABRIELA DE ÁVILA**

Revisão: **CRIS NEGRÃO**

Capa e design originais: **JIM HOOVER**

Adaptação de capa e diagramação: **DEBORAH TAKAISHI**

---

Dados Internacionais de Catalogação na Publicação (CIP)
Jéssica de Oliveira Molinari CRB-8/9852

---

Brallier, Max
  Os últimos jovens da Terra : e a dimensão monstruosa / Max Brallier ; ilustrações de Douglas Holgate ; tradução de Adriana Krainski. -- São Paulo : Milkshakespeare, 2024.
  288 p. : il.

  ISBN 978-65-5957-584-8
  Título original: The last kids on Earth and the monster dimension

  1. Literatura infantojuvenil 2. Histórias em quadrinhos I. Título II. Holgate, Douglas III. Krainski, Adriana

24-1947　　　　　　　　　　　　　　　　　　　　CDD 028.5

Índice para catálogo sistemático:

1. Literatura infantojuvenil

1ª edição brasileira: 2024
Direitos de edição em língua portuguesa, para o Brasil, adquiridos por FARO EDITORIAL.

Avenida Andrômeda, 885 – Sala 310
Alphaville – Barueri – SP – Brasil
CEP: 06473-000
WWW.FAROEDITORIAL.COM.BR

Para Dana, Leila,
Jim e Doug.
Obrigado, pessoal.
—M. B.


Para Danny Glick
e o gato Church.
Meus companheiros
zumbis durante a
produção deste livro.
—D. H.

# Capítulo Um

— Não precisa ficar repetindo isso, Jack — Dirk reclama. — Estamos "a toda velocidade, sem parar pra nada" há semanas.

— É, cara, pra que isso? — June diz, me dando uma cotovelada.

Dou de ombros.

— Ah, tô dando uma de capitão-pirata, vocês não curtiram?

— Nem um pouco — June diz, com um sorrisinho maroto. — E por que a gente iria parar?

— Sei lá — respondo. — Vai que alguém precisa ir ao banheiro?

— Nós estamos andando em cima de um shopping que tem quarenta e dois banheiros — Quint nos lembra, muito sabiamente. — Não acho que pausas para ir ao banheiro sejam necessárias.

— Exato — June diz. — Não precisamos parar pra nada! Não existe nada no mundo inteiro que nos faria...

Somos arremessados contra o leme improvisado quando o Maiorlusco freia com tudo, chiando alto. Imagine um cachorro correndo a toda velocidade e, de repente, se surpreende ao sentir o puxão da própria coleira. Só que, no nosso caso, o "cachorro" é um monstro de 39 toneladas carregando o maior shopping do mundo nas costas.

Levamos um certo tempo para recuperar os sentidos.

— O que aconteceu? — June resmunga, passando a mão na cabeça.

— Será que tinha um esquilo no caminho? — sugiro.

Nós nos levantamos devagar. À nossa frente, há um matagal alto e bem fechado. Lá longe, vemos por entre as árvores o motivo que levou o Maiorlusco a parar tão bruscamente.

Estranho. Há um *exército* gigantesco bloqueando a nossa passagem. Um exército de caveiras fardadas e monstros malignos, liderados por seu mestre Thrull. Convocados a marchar para o mesmo local aonde estamos indo: a Torre.

# O EXÉRCITO DE THRULL!

Calma, calma, aguenta aí.

Precisamos fazer uma pausa para colocar o papo em dia. Vamos relembrar umas coisinhas importantes.

Primeiro de tudo: a Torre. Ela é uma péssima coisa. Quando ela for finalizada, vai trazer Ṛeżżǒćħ, o Antigo Destruidor de Mundos, para a nossa dimensão.

    E o Ṛeżżőcħ fará aquilo que o próprio nome dele diz: DESTRUIRÁ O MUNDO. O que, basicamente, significa devorar todas as criaturas vivas do nosso planeta. Ele deve ser um cara bem faminto.

    A Torre é o grande projeto do Thrull. Estava quase pronta, mas aconteceu um pequeno imprevisto.

Faltou uma informação importante para o Thrull, que ele só poderia conseguir com a planta da Torre. E a planta não estava, digamos, desenhada em um pedaço de papel, mas guardada dentro do cérebro do monstro Ghazt.

Então o Thrull capturou o Ghazt e o levou para uma fortaleza viva. Quem comandava a fortaleza era o Serrote, um médico doidão, com a ajuda dos seus Enfermeiros Monstruosos: a Debra e o Olho de Lâmpada.

O Thrull mandou o Serrote abrir o cérebro do Ghazt para encontrar a planta.

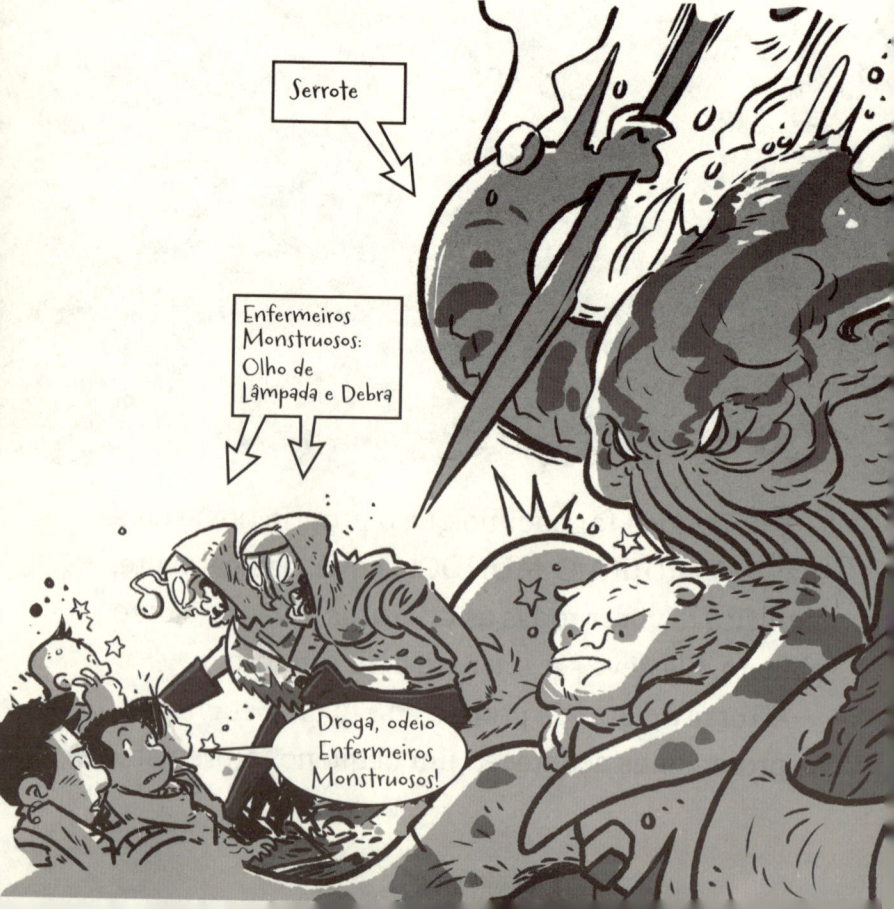

Eu e meus amigos vimos ali uma oportunidade! Precisávamos sair escondidos da fortaleza e explodir aquele lugar, uma coisa bem ao estilo Estrela da Morte, de *Star Wars*. Assim, o Thrull *nunca* conseguiria terminar a Torre, e o Ṛeżżőcħ *nunca* conseguiria chegar aqui. Genial!

Dentro da fortaleza, fizemos algumas amizades: o Pelotão Valentão, que é um trio de monstros que havia sido submetido a experimentos e modificações cruéis nas mãos (ou tentáculos?) do Serrote.

O Pelotão Valentão

E o melhor de tudo foi que eu encontrei o Rover, meu cão-monstro companheiro, que achei ter perdido para sempre.

Essas foram as partes boas. Todo o resto foi horrível.

Nós *perdemos*.

O Serrote perfurou o cérebro do Ghazt, encontrou a planta da Torre e colocou dentro da cabeça do Thrull...

Ah, e outra coisa — e das feias — o Ghazt morreu. O Ghazt era, tipo, um *deus dos monstros*. E quando um deus dos monstros morre, uma quantidade absurda de energia é liberada. Energia o suficiente para fazer a fortaleza explodir *de verdade*! Mas, olha, a explosão foi *muito* maior do que havíamos planejado...

A fortaleza foi puxada para dentro de um portal e foi parar na dimensão monstruosa. E, junto com a fortaleza, foram o Serrote e os nossos novos amigos do Pelotão Valentão...

Eu e meus amigos escapamos porque, no último minuto, fomos resgatados pelos nossos amigos Johnny Steve e Skaelka, que estavam no Maiorlusco.

O Thrull também escapou. Ele já tem tudo de que precisa para terminar de construir a Torre e trazer o Ṛeżżőċḣ para a nossa dimensão. Mas, se conseguirmos chegar lá a tempo, talvez possamos descobrir um jeito de detê-lo. Deve existir ALGUMA COISA que possamos fazer, né?

E é por isso que estamos correndo desembestados na direção da Torre.

Ou estávamos, até que... demos de cara com esse obstáculo na forma de um exército de monstros marchando.

O exército do Thrull... é grande. Bem maior do que eu imaginava...

Vamos ter que lutar contra esses caras, né?

Por enquanto, tô mais preocupado em como vamos desviar deles.

Pois é. Vamos ficar aqui só esperando eles passarem? Isso parece uma versão maléfica da música dos patinhos que foram passear...

É exatamente isso que parece: uma versão maléfica e cadavérica de *Cinco patinhos foram passear*.

Você já tentou atravessar a rua durante um desfile? É um saco, ainda mais se você não está participando do desfile, porque aí são, sei lá, centenas de pessoas curtindo a apresentação e você fica ali: "EU SÓ QUERO ATRAVESSAR A RUA PARA COMPRAR UM PAR DE MEIAS! SERÁ QUE A LOJA DE MEIAS SABE QUE ESTÁ DEIXANDO DE VENDER?".

É tipo isso, só que *pior*. O exército do Thrull parece infinito.

Mas nós temos o nosso próprio exército! Um exército-zumbi! Bom, isso se eu conseguir controlá-los. Porque, lá na fortaleza, um pouquinho antes do Ghazt bater as botas, ele fez *isto*:

Tá me vendo ali, pendurado na pelagem do Ghazt? Pois é, não estava nada divertido. Aquela mesma bomba de energia, que mandou os zumbis na direção da Torre, transferiu o restinho dos poderes de controlar zumbis do Ghazt para a minha Mão Cósmica. A minha Mão Cósmica já estava ficando meio estranha, mas, naquela hora, ela ficou supermacabra...

O Ghazt me falou, e eu repito as palavras dele:
— Agora você é o general, Jack.
E então... ele morreu.
Então é isso. Péssimo momento pra morrer. O Ghazt me deu o poder de controlar *todos os zumbis*, mas não me falou *como* usar esse poder. E eu nunca consegui controlar muitos zumbis de uma só vez.
Se estou me sentindo sob pressão? Imagina.

Uns dias atrás, passamos por um grupo grande de zumbis e eu tentei rodopiar meu braço esquisito e turbinado. Deu ruim...

Então, agora, estou aqui, tendo que aguentar esse braço nojento, que deveria me ajudar a liderar um exército de mortos-vivos, mas que só serve para me atrapalhar para dormir à noite. E aquele exército de mortos-vivos é a nossa maior arma na batalha que temos pela frente. Eu preciso descobrir como fazer esse poder funcionar. E logo...

A voz do Dirk me traz de volta para a atual situação com o exército maligno.

— Estamos presos, né?

— É o que parece — Quint diz. Ele está na ponta dos pés, inclinado sobre a grade para tentar ver até onde vai aquele desfile repugnante. Monstros a perder de vista.

— Ei, tá tranquilo — eu digo, me esforçando muito pra manter o ânimo. — Vamos esperar eles passarem. Poxa, um exército não pode ser tão grande assim, né?

# Capítulo Dois

Esperamos por horas, que viraram dias, e os dias viraram uma semana inteira. Sete dias inteirinhos esperando o desfile de monstros malignos passar.

É duplamente grotesco.

Grotesco nº 1: vou te falar: quando você está prestes a enfrentar uma batalha contra um exército maligno, ficar uma semana vendo um desfile de outro exército maligno não ajuda em nada a ganhar mais confiança.

Grotesco nº 2: Nós *sabemos* que o Thrull está quase terminando a Torre. Se quisermos ter uma chance de detê-lo, precisamos chegar lá, tipo, *ontem*. Mas mesmo se deixássemos o Maiorlusco para trás e fôssemos caminhando, não tem como passar por esse exército...

Estamos em um congestionamento. E temos muitos monstros a bordo do Maiorlusco conosco (eu os chamo de maiorluscanos), todo mundo com os nervos à flor da pele. O nosso amigo Johnny Steve, o chefe deles, tenta ficar inventando atividades divertidas para ajudar todo mundo a relaxar. Mas ele é meio que um péssimo recreador e as atividades que ele sugere não são nem relaxantes e nem divertidas.

Eu tenho que admitir, eu estou até um pouco aliviado que a nossa corrida até a Torre tenha sido adiada. Sabe quando você tem consulta no dentista e descobre que ele está duas horas atrasado? Uma parte de você quer se livrar logo daquilo, mas outra parte fica feliz por adiar a tortura.

Porque, quando colocarmos o pé na estrada de novo, chegaremos à Torre rapidinho. E lá vai acontecer uma batalha, e das grandes, daquelas que é tudo ou nada. Mas *o que eu posso fazer?*

Tem outra coisa que está me deixando ansioso. Um negócio que estou remoendo desde que fugimos da fortaleza...

É, são tantas emoções para lidar.

Só que eu não sou o único a ficar remoendo esses pensamentos.

Quint, June e Dirk também têm passado bastante tempo sozinhos, refletindo.

O que passa na cabeça deles? Sei lá, ninguém fala nada sobre isso.

Aprendi do jeito mais difícil que é melhor abrirmos nosso coração e colocarmos para fora os pensamentos barulhentos que nos deixam nervosos. É como ter um cachorrinho alucinado em casa. Você pode até não *querer* levar o bichinho para passear cinco vezes por dia, mas se ele ficar preso dentro de casa, vai acabar destruindo seu tênis preferido.

Mas eu entendo. Abrir o coração é... difícil. Acho que chegou a hora de eu dar um empurrãozinho nos meus amigos.

Naquela noite, eu os encontro no convés do Maiorlusco e tento fazer a melhor imitação de todas as cenas de interrogatório que já vi nos filmes...

Meus amigos ficam me encarando, tão confusos que parecem até estar com medo. Mas dá certo. E, todos juntos, eles começam a despejar todos os pensamentos ruins que estavam guardados.

Tem pessoas vivas lá! Vimos os nomes dos meus pais! Os nomes dos pais do Quint! Onde eles estão?

Como nós vamos usar a ultragosma do Babão para destruir a Torre? Não vai ser suficiente só encher as pistolas d'água.

O Ghazt disse que haveria uma batalha na Torre. Mas o Ghazt também disse que a Torre seria concluída, o que significa que o Rezzóch virá para a nossa dimensão. E isso não significa... que tudo seria destruído imediatamente?

E, num piscar de olhos, Dirk, June e Quint estão disparando pensamentos para todos os lados.

Quint diz:

— Eu tenho me perguntado a mesma coisa, June. Nós sabemos que outros humanos estão vivos. Então por que nunca encontramos *nenhum*?

June concorda, animada.

— Eu tenho visto as notícias dos sobreviventes. Está tudo igual há meses. Nenhum nome novo apareceu, nenhum dos nomes antigos sumiu da lista. Então, onde está todo mundo?

— Onde está o *exército*? — Dirk pergunta. Nitidamente, ele estava quase explodindo de vontade de falar sobre o assunto. — Seria bom ter uns tanques. Poderíamos usar os tanques para lançar a ultragosma do Babão bem longe.

A ultragosma do Babão é a única coisa que consegue destruir as trepadeiras do Thrull. O que significa que ela também consegue destruir seus soldados esqueléticos... e talvez até partir a Torre ao meio.

— E isso que o Quint estava dizendo — June diz —, se o Ṛeżžőcḣ aparecer, como poderia acontecer uma batalha? Por que o Thrull precisa daquele exército gigante se o Ṛeżžőcḣ é tão poderoso?

Eu balanço a cabeça, atordoado.

— Sei lá. Mas o Ghazt me disse que, durante a Batalha da Torre, haveria um momento em que um líder poderia transformar uma derrota em vitória. E ele deu a entender que esse tal líder seria... eu.

Todo mundo fica em silêncio por um instante.

— É, a gente tá ferrado mesmo — Dirk diz.

E assim ele arranca a risada de que tanto precisávamos. Mas, depois, ficamos olhando uns para os outros. Desabafamos, fizemos perguntas, mas não temos nenhuma resposta de verdade...

De repente, o sistema de autofalantes do shopping solta um apito e ouvimos a voz do Johnny Steve berrar:

— *Cidadãos da cidade de Maiorlusco, por favor, mantenham a calma. Devo lhes informar que um monstro inimigo está se aproximando do Maiorlusco. BEM RÁPIDO. ISSO É RUIM, NÃO É?*

— É o exército do Thrull — eu resmungo. — Eles devem ter visto a gente por entre as árvores.

Dirk empunha sua espada.

— Legal. Prefiro lutar contra vilões do que ficar falando de sentimentos.

Que poeta.

A Skaelka aparece correndo na varanda.

— Peguem suas armas! Lembrem-se do treinamento! — ela ordena. — A batalha se aproxima! — Uma multidão de maiorluscanos segue atrás dela, tropeçando uns nos outros e nas barras dos pijamas enormes que estão vestindo.

Os autofalantes guincham de novo, e Johnny Steve grita:

— *Lamento informar que o invasor ignorou o meu pedido de recuar. O perímetro foi invadido. Eu acho. Alguém pode me dizer o que é perímetro mesmo?*

Todos ficamos andando para lá e para cá, procurando, tentando encontrar o invasor.

— Cadê? — Dirk murmura.

Como se fosse uma resposta, ouço um barulho de um objeto de metal sendo triturado. Corro até a beira da varanda. Na escuridão enevoada, vejo uma sombra escalando o Maiorlusco com uma velocidade impressionante.

Dou um pulo para trás quando a sombra se lança para o lado.

— Ali! — Skaelka grita. — ACERTEM ELE!

Ao ouvir a ordem, os maiorluscanos lançam um bombardeio de armamentos contra a sombra veloz.

# KRAKA-BOOM!

Os disparos acertam a parede, errando o alvo.

Quando a fumaça se dissipa, a criatura vem disparada em meio às sombras e, então, de repente, pula por cima das nossas cabeças.

— Aguenta aí, Babão! — Dirk grita, pulando de cima de um duto de ar-condicionado e lançando-se no ar.

O som dos metais tilintando contra a praga ressoa quando a lâmina ricocheteia, sem conseguir acertar o invasor, que é rápido feito um raio. Mais uma vez, ele some. Sai correndo e desaparece na escuridão.

Ouço garras batendo freneticamente atrás de nós. Eu me viro, mas não vejo nada. Esse monstro parece estar em todo lugar ao mesmo tempo.

— Ele é muito rápido, é impossível — Quint sussurra.

Naquele instante, a criatura aparece. Ele pulou de uma antena de rádio e deu um salto no ar. A varanda treme quando ele aterrissa, batendo pesado no chão.

A silhueta do inimigo é iluminada pela luz da lua, deixando à nossa frente apenas uma sombra acinzentada. Eu ergo o Fatiador, me preparando para o que vai acontecer em seguida, quando...

— ESPEREM! — June grita. Ela dá um passo para frente, parecendo incerta, e então sai em disparada, correndo na direção do monstro...

# Capítulo Três

Espera... é a criatura alada com quem a June fez amizade? A June e o Neon são como unha e carne. Eles viveram juntos uma aventura insana e criaram um vínculo especial e inquebrável. A maioria dessas criaturas aladas infelizes são do mal. Mas o Neon não. Depois da aventura que eles viveram, o Neon seguiu seu caminho, e eu achava que nunca mais o veríamos.

Então por que ele está aqui agora?

June coça as costas do Neon e, com a mão, sente a armadura que ela lhe deu de presente.

— Quase não cabe mais em você — ela diz. — Você cresceu tanto.

— Ah, maravilha, o invasor inimigo é o Neon! Isso aí, Neon! — Johnny Steve grita, balançando seus bracinhos esvoaçantes ao se afastar. — Peço desculpas por ter falado para toda a tripulação te atacar!

O Rover se aproxima saltando, enfiando o focinho na barriga do Neon para brincar. O Neon e o Rover se conheceram quando lutamos contra os Rifters. E eles formaram um belo par...

A June se joga em cima do Neon, rindo e enxugando as lágrimas. Fico observando aquele reencontro feliz com um certo nó na garganta. Aquela sensação incômoda me pega de jeito de novo, porque parece uma amostra do que vai acontecer se a nossa missão der certo. Reencontros familiares e lágrimas de alegria. É isso que todos querem. É isso que todos *merecem*. Mas, e eu, como eu fico nessa história?

Eu tento engolir em seco. *Pare de ser bobo, Jack. Isso não tem nada a ver com você.*

Por fim June se afasta do Neon e segura seu focinho com as duas mãos.

— Neon, não estou entendendo. Como você veio parar aqui? E por que agora?

Sorrindo como o gato da *Alice no país das maravilhas*, Neon estica o pescoço para pegar algo que está escondido debaixo da sua armadura.

Ah, agora entendi. O Neon nos seguiu até aqui porque precisava nos entregar um artefato superimportante. O que será que é? Uma pedra de poder que pode aniquilar o Thrull? Uma pata de macaco? Um tutorial ensinando a liderar um exército-zumbi com uma mão de tentáculo esquisita?

Ouve-se um barulho de plástico macio quando o Neon joga o artefato superimportante na varanda, mostrando...

Um capacete de beisebol minúsculo.

Por essa eu não esperava.

Por que o Neon está agindo como se isso fosse uma entrega muito especial? Eu me ajoelho para olhar melhor e, de repente, o capacete se vira. Eu caio para trás e...

— Globlet! — eu e meus amigos exclamamos juntos.

Ao ver a nossa amiguinha cor-de-rosa e melequenta saindo de dentro do capacete feito uma cobra em uma latinha de Pringles, meu coração quase vem parar na garganta.

— Gente! — June exclama, erguendo a Globlet no colo. Ela está muito feliz. — Este é o melhor dia de todos.

Sério, o que está acontecendo? Um tipo de reunião especial de fim do mundo? Será que o Warg vai surgir de dentro de um bolo de aniversário? Será que o

Biggun está se escondendo nas sombras? Sinto outro nó na garganta. O Bardo é o único monstro que eu gostaria *muito* que aparecesse, mas isso nunca vai acontecer, porque o Thrull o matou.

— Globlinha, a última vez que nos vimos foi quando saímos de Wakefield — Dirk diz. — O que você está fazendo aqui?

Globlet acena com a mão.

— É uma longa história. Só posso dizer que... eu nunca mais ponho os pés em um barco-cassino.

Enquanto Globlet começa a despejar todas as fofocas de Wakefield, percebo que o Neon está empurrando o capacete na direção da June. Quantas outras surpresas podem caber ali?

A curiosidade de June é despertada, e ela olha para o capacete.

— Neon, querido, você quer brincar? — Quando a June ergue o capacete, vejo o logo do time New York Mets na parte da frente.

Neon fica olhando para June com olhos arregalados e ansiosos. Ele me faz lembrar um pai em uma manhã de Natal, vendo o filho desembrulhar um presentão e esperando por uma explosão de alegria.

— Se isso é um artefato importante e fundamental para a nossa missão, bom... — eu digo — parece que esse capacete vai dar zebra.

Ninguém ri.

— Dar zebra. Sabem? Sério, gente, vocês não acharam graça?

O Dirk me dá uma cotovelada, apontando para June com a cabeça.

— Pessoas? — eu pergunto. — Que pessoas?

A voz de June sai em um sussurro.

— Quando eu e Neon estávamos sozinhos, ele *entrou* nos meus pensamentos e nas minhas memórias. E ele viu o que eu mais queria: a minha família... outras pessoas...

Ela continua:

— E eu acho que o Neon me trouxe isso para mostrar que ele os encontrou. — June diz, encostando no logo dos Mets.

— Ah, sim, PESSOAS! — Globlet diz. — Eu deveria ter dito isso desde o começo, quando surpreendi vocês pulando do capacete. É isso aí, tem *um montão* de pessoas naquele estádio.

Parece que, de repente, o ar fica sem oxigênio. Ninguém diz nem uma palavra. Estamos todos muito espantados.

*Pessoas.*

— Oieeee! — Globlet diz. — Por que ninguém está falando nada? O que eu fiz de errado? Vocês querem que eu volte para o capacete e apareça de novo? Desta vez, eu digo "pessoas" assim que sair de lá, eu juro.

June se levanta e eu vejo a mudança instantânea que acontece nela. A reunião acabou, é hora de agir.

— Nós vamos para o estádio — ela diz. — *Agora*.

# Capítulo Quatro

Depois disso, as coisas acontecem *rápido*.

June e Quint saem correndo feito uns hamsters alucinados, animados com a possibilidade de encontrar outras pessoas e, embora nunca tenham dito isso, com a possibilidade de encontrar seus pais.

Eu ainda não sei como Neon vai fazer a gente passar pelo exército do Thrull sem sermos notados, mas se ele conseguiu chegar até aqui, deve saber de um jeito de voltar sem ser visto também. Decidimos que o Maiorlusco, que é impossível de passar despercebido em qualquer lugar, ficará para trás. Skaelka, Johnny Steve e outros amigos monstros ficarão na retaguarda com os maiorluscanos.

Skaelka resmunga.

— Não me agrada este plano em que vocês se aventuram em grandes lutas enquanto Skaelka é deixada pra trás.

Eu tremo enquanto o Neon e o Rover nos acompanham pela prancha do Maiorlusco. Nós podemos encontrar *pessoas*. Além disso, o estádio fica em Nova Iorque. A Torre também. Tudo está apontando para a mesma direção. Vamos, finalmente, chegar ao lugar para onde estamos indo há tanto tempo...

Logo, estamos nos afastando do Maiorlusco a toda velocidade, com o Neon nos levando por entre os vestígios do resort de ski abandonado. Ele galopa por cima das ervas daninhas crescidas, correndo em paralelo ao exército, tentando nos manter longe das vistas deles.

De canto de olho, vejo um mapa de uma trilha no alto e um sinal de "AVISO! PERIGO À FRENTE! Meio sinistro, mas, sei lá, talvez seja coisa da minha cabeça.

Fico esperando para ver o que o Neon vai fazer para passar pela multidão armada e então vejo algo que parece a boca de um bueiro. Neon nos leva naquela direção.

— Então foi *assim* que o Neon chegou até nós — eu percebo. — Ele usou um bueiro para passar *por baixo* do exército.

— É uma galeria — Dirk diz. — Engenharia civil básica, cara.

Seja lá qual for o nome dessa coisa, nós vamos entrar. Neon entra no túnel com Quint e June. Dirk, Globlet e eu vamos montados no Rover. Em pouco tempo, somos engolidos pela escuridão.

O túnel está completamente escuro e parece não ter fim. Os passos pesados do exército marchando acima de nós fazem o túnel tremer (junto com o meu cérebro e os meus nervos). Parece que estou correndo dentro de um tambor de aço que está sendo golpeado por um gigante. Globlet não parece preocupada. Ela está até roncando.

Por fim, saímos do túnel e aproveito para tomar um ar fresco. Meus olhos se ajustam à luz do sol e eu olho para trás. Nós saímos algumas centenas de metros à frente do exército.

— Ei, dá tempo de tirar uma foto... — eu começo.

— Não dá, não! — June diz. — Segue em frente, Neon!

E assim começa a nossa corrida vertiginosa rumo a Nova Iorque. As patas do Neon golpeiam o chão como um cavalo chucro. Os cotos das suas asas decepadas batem como se ele quisesse levantar voo, mas isso não vai acontecer. Suas asas foram cortadas no dia em que o apocalipse começou. Ele é uma das vítimas do Ṛeżżőcħ, assim como todos nós.

Percorremos cidades e vilarejos que estão quase irreconhecíveis. Cipós monstruosos se enrolam em volta das casas, puxando-as para o chão. As ruas estão destruídas. As pontes desabaram...

Descendo o trilho dos trens, olho para o Quint de relance. Dá para ver a animação no seu rosto. Eu entendo: ele tem esperança *mesmo* de encontrar seus pais.

Ele está nas nuvens, e eu estou feliz por ele. Mas fico preocupado porque o tombo pode ser grande. Logo chegaremos à Torre. E, claro, estou fazendo o possível para me apegar à Mão Cósmica e à mudança radical que se aproxima. Mas... ainda não sei *o que* fazer quando chegarmos lá. O que vai acontecer quando a Torre se acender e o R̩eżżőch entrar na nossa dimensão?

A frustração e a confusão crescem dentro de mim, até que eu grito sem querer:

— EU QUERO RESPOSTAS!

— Heim? — Globlet pergunta, despertando assustada.

> Eu quero saber o que devo fazer para nos salvar!

> Ah, saquei, saquei. Só que a Shuggoth não está aqui. É ela que sabe de tudo.

Fico olhando para ela.

— Heim? Quem é Shuggoth? Cadê ela? Podemos ir até lá, tipo, agora?

Globlet franze a testa.

— Nananinanão. A Shuggoth está na minha dimensão.

— Que inútil — eu digo.

— Então vou voltar a dormir — Globlet diz, encolhendo-se no alforje do Rover.

— Olha só, Jack — Dirk diz, apontando para uma placa amassada na estrada. A placa indica que estamos a poucos quilômetros de Nova Iorque. Mas, mesmo sem a placa, é óbvio que estamos chegando perto. O mundo praticamente exala uma eletricidade maligna. Um som baixinho de algo crepitando toma conta do ar e as pontas do meu cabelo ficam em pé.

Quando monto nas costas do Rover, sinto as minhas pernas moles, meu corpo dolorido e meus nervos em frangalhos. Estamos quase lá...

Dobramos a esquina e lá está ela: a ilha de Manhattan, que se abre à nossa frente, como um oceano de metal e concreto. As trepadeiras cobrem tudo, como uma camada de fungos brilhantes, sobem pelos postes e casas históricas, enrolando-se feito cobras até o céu.

Eu consigo ouvir meu coração batendo forte ao me virar devagar em direção à Estátua da Liberdade.

Respiro fundo, preparando a minha mente para o que estou prestes a ver.

# A TORRE

A vista da Torre é tão impressionante que praticamente derrete os nossos cérebros.

June engole em seco.

— Não era assim que eu...

— Eu sei — Dirk diz. — É tão... tão...

— Grande — Quint diz, com os olhos colados na torre. — Grande pra caramba.

— E medonha... — June diz. — É a coisa mais horrível que eu já vi.

A June tem razão. É pior do que horrível. Mas... não consigo tirar os olhos daquela coisa.

A Torre é quase tão alta e tão larga quanto Manhattan. Ela sobe e se abre por cima da ilha como um para-raios chamuscado. É uma coisa sombria e desoladora, construída a partir dos escombros do nosso mundo. Está cheia de buracos de tiros, com faixas pontiagudas de esmeralda e magenta, como cicatrizes eletrificadas. São as trepadeiras que o Thrull controla, elas são o cimento que mantém a Torre em pé.

Eu me esforço para respirar. Sinto que alguém deveria dizer alguma coisa para marcar este momento, mas todos ficam calados. Cabe a mim encontrar as palavras para celebrar esta ocasião.

*Carambola.*

— Oi? — June pergunta, olhando para mim sem entender nada.

— Desculpe, foi a primeira coisa que veio na minha cabeça — eu digo. — Mas o que eu quis dizer foi: pessoal, nós conseguimos. Aconteceu muita coisa desde que saímos de Wakefield, muitas coisas deram errado, mas cá estamos.

— Não sei como me sentir em relação a isso — Dirk diz.

*Pois é, nem me fale, Dirk*, eu penso. Sinto um misto de emoções. Alívio, apesar de não saber o que esperar. E um pouco de tristeza, porque, ganhando ou perdendo, a nossa jornada está chegando ao fim. E uma boa dose de pânico, sentindo a Torre atrair o meu olhar...

Próximo ao topo da Torre, vejo uma coisa que faz meu sangue gelar: a sala do trono do Thrull. Já vi aquele lugar antes, quando segurei um punhado de trepadeiras do Thrull e tive uma visão rápida, horrível e sombria da Torre.

De longe, a sala do trono parece quase microscópica. Mas isso não diminui o terror. É onde o Thrull trama e planeja trazer o Ṛeżżǒcħ (e a inevitável destruição) para esta dimensão.

Não consigo deixar de imaginar... o que mais será que ele faz lá em cima? Tá, tramar e planejar é divertido, mas... deve cansar.

Será que ele faz uns intervalos para jogar videogame entre as sessões de planejamento estratégico de como acabar com a humanidade? Faz ginástica pelado? Uns polichinelos? Será que ele curte uns rocks românticos no chuveiro?

O que eu queria saber: quem *é* o Thrull, afinal de contas?

Lembro da primeira vez que nos vimos. Quando achei que nós fôssemos *amigos*...

> Será que é seguro?

> Calma. Algum desses monstros vai, tipo, comer a gente?

> VOCÊS SÃO MEUS AMIGOS. TODOS OS MEUS AMIGOS SÃO BEM-VINDOS.

Tudo o que ele nos falou naquele momento era balela. Ele me enganou e me traiu. E quando a Evie ajudou a trazê-lo de volta, enquanto ele estava quase morrendo, ele matou o Bardo. Meu amigo e mentor Bardo.

Se o Bardo estivesse aqui, ele poderia nos ajudar a entender as mudanças que estão acontecendo com a Mão Cósmica e talvez até tivesse alguma resposta sobre como derrotar o Ṛeżżőcħ. O Thrull não só acabou com a vida do meu amigo: ele eliminou a única criatura deste mundo que poderia nos guiar de verdade.

Uma parte de mim quer saber mais sobre o Thrull. Uma parte de mim quer que ele pague por matar o Bardo. Mas a maior parte de mim espera que a gente saia dessa história toda com uma vitória, sem ter que encarar o Thrull outra vez.

— Ei, você não vem, não? — Dirk pergunta. A voz dele me tira dos meus devaneios.

Percebo que o Neon saiu à frente, junto com Quint, June e a Globlet, que está tirando um cochilo e roncando alto. Eles estão atravessando uma das maiores e mais longas pontes que eu já vi, deve ser uma daquelas famosas, e ela passa por cima do estádio.

— Claro, por que não? — eu digo. — Só estamos tentando chegar aqui há um ano, né?

O Rover nos lidera, guiando-nos pela ponte, que está abarrotada de carros abandonados. Passamos por táxis com as portas entreabertas e penduradas. Eu fico meio que esperando um taxista zumbi brotar lá de dentro.

Quando alcançamos June e Quint, eles já atravessaram metade da ponte. Espiando para baixo, temos uma boa visão de dentro do estádio.

June está segurando o corrimão com tanta força que as juntas dos seus dedos chegam a ficar esbranquiçadas. Fico até com medo de que ela quebre o negócio com os dedos.

— Não estou vendo ninguém... — June diz. Tem um tremor na sua voz que ela não consegue disfarçar.

Quint, tentando manter a atitude positiva, diz:

— Mas definitivamente tem *alguma coisa* acontecendo lá embaixo.

Alguma coisa acontecendo mesmo. Em vez de um gramado perfeitamente aparado e linhas brancas imaculadas, vejo um mato pisoteado e criaturas perambulando para lá e para cá. Feras enormes batem os pés no chão, cruzando o campo, empurrando umas máquinas enormes. Uns mecanismos bizarros, algo de outro mundo está sendo construído nas laterais do campo.

> São os Rifters. Eles transformaram o estádio em uma base. Uma versão maior daquele para onde eles me levaram.

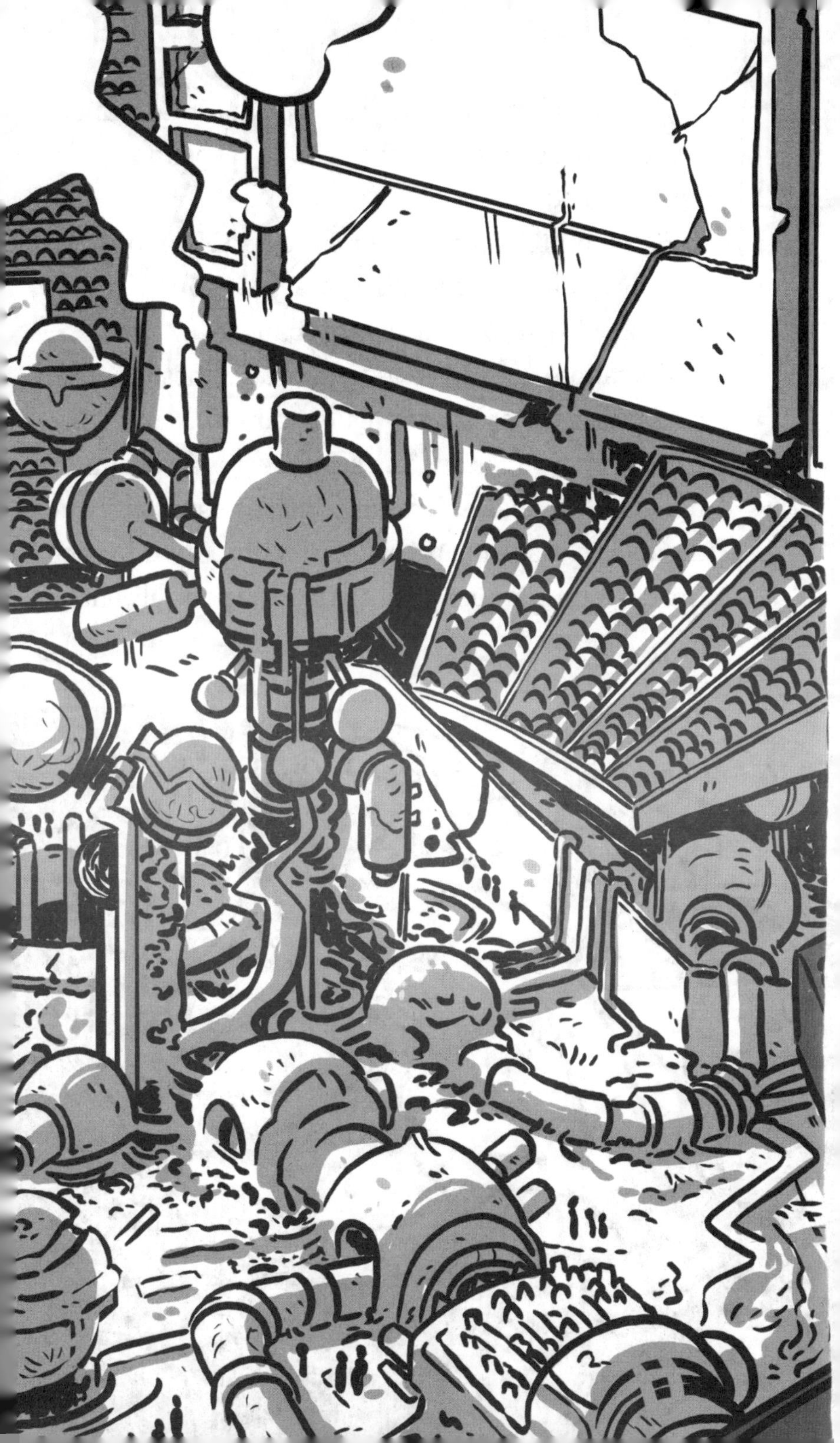

Droga, Rifters... eles são como piratas interdimensionais. Não são leais a ninguém. Só respeitam quem tem mais poder.

Estou tentando entender por que o Neon nos traria para uma base dos Rifters, até que Dirk diz:

— Ei, olhem só para as arquibancadas.

Cerrando os olhos, vejo que as arquibancadas estão cheias de esferas brilhantes, de tamanho suficiente para ocupar um assento. Estou prestes a perguntar o que são aquelas esferas (não que eu esperasse que alguém tivesse uma resposta decente), quando ouço um barulho metálico do outro lado da ponte. E, então, ouço uma voz, molhada e melequenta, igualzinha à criatura de onde a voz sai.

— "Ryḳk?" — consigo soltar. — O que *ele* está fazendo aqui?

Já lidamos com o Ryḳk uma vez. Ele é um colecionador, e não estou falando de adesivos ou revistas em quadrinhos. Ele coleciona coisas esquisitas, bizarras e, às vezes, *vivas*. Em Louisville, ele se interessou pelo meu Fatiador, então fizemos um acordo: ele nos falou onde ficava a Torre e, em troca, eu prometi dar a minha lâmina para a sua coleção. Mas só *depois* que o Thrull fosse derrotado.

Sinto um calafrio percorrer meu corpo, e não é porque me perdi nas estações e o meu blusão já não está dando conta do frio. O calafrio tem mais a ver com a série de encontros que tivemos nas últimas 24 horas. Primeiro, o Neon e a Globlet, e agora o Ryḳk. Fico com uma sensação inquietante de que a Torre está atraindo todos nós para cá.

Olho para trás. A lateral externa da ponte, por onde entramos, está livre. Ainda há uma saída. Fico naquela situação de lutar ou correr, e estou muito mais inclinado a *correr*.

Mas meus olhos vão de encontro a June e Quint, e não vejo nenhuma vontade de *correr* em seus rostos. O Neon trouxe a June para cá por algum motivo.

O Ryḳk solta um assovio catarrento, fazendo minha atenção se voltar a ele.

— Peguei você! — ele diz. — Peguei você espiando a minha base.

— *Sua* base? — Dirk esbraveja. — Deixa eu te falar uma coisinha. A sua "base" é um local sagrado para os fãs do New York Mets! Esse lugar não é seu!

Caramba, não imaginei que o Dirk ia ficar doído por causa dos Mets. Acho que essa coisa de brincar com a história americana tira ele do sério. Talvez o pai dele fosse torcedor dos Mets.

— Estamos aqui porque... — June começa. Ela engole em seco. — Achávamos que tinha mais gente por aqui, pessoas.

— Ah — Ryķk diz. — Você não está errada. Tecnicamente.

E, ao dizer isso, seu punho blindado desperta e golpeia a van ao lado dele. A van tomba para o lado, deixando à mostra uma das esferas que vimos lá atrás, soltando uma luz cor-de-rosa.

— Vejam, vejam — Ryķk diz, com um sorrisinho cruel. Ele chuta a esfera com tudo, fazendo-a quicar pela ponte na nossa direção. A esfera ricocheteia em um táxi tombado e depois vem rolando até parar à nossa frente.

De perto, parece uma bola gigante de gelatina rosa endurecida.

Quint coloca a mão em cima da esfera cor-de-rosa. Ela cede um pouco, como quando apertamos uma bola de borracha com o polegar. Ele aperta mais forte e agora conseguimos ver que há algo dentro da esfera.

Chegamos mais perto para ver melhor. E o que eu vejo me faz ficar sem ar...

É uma... pessoa.

# Capítulo Cinco

O Ryķk faz uma espécie de dancinha, parecendo estar se divertindo com a nossa reação à grande revelação.

— Ah, relaxem! A humana está viva. Quando meus Rifters abrirem a esfera, ela vai acordar, novinha em folha. Bom, pelo menos até o Ŗeżżőch vir detonar essa dimensão de vocês.

June abre a boca para responder, mas a fecha em seguida. Ela olha por cima da lateral da ponte outra vez, espiando dentro do estádio e confirmando o que nós vimos.

— Aquelas esferas! — June grita, rodopiando de um lado para o outro. — Há *milhares* de esferas lá embaixo!

— E cada uma delas tem uma pessoa dentro! — Ryķk cantarola. — Tá dando um trabalhão reunir esses humanos. O Thrull não quer que ninguém atrapalhe quando o Ŗeżżőch chegar.

Quint dá um passo para trás, para ficar ao lado de June, de ombros colados. June segura a mão do Quint.

"Nossos pais...?"

"Estão lá embaixo?"

— Sei lá, tô nem aí! — Ryķk diz, dando uma risadinha debochada. — Os humanos que estão lá no estádio agora, nós os encontramos amedrontados dentro daquela estátua estranha com forma de mulher humana — ele acena com a mão na direção do local onde a Estátua da Liberdade ficava, antes de ela se tornar parte da Torre.

Dirk bufa.

— Ele tá zoando a Senhora da Liberdade?

A armadura do Ryķk faz um barulho estridente quando ele se atira em cima do capô de um carro velho.

— Mas são tantas, tantas bases de Rifters neste lugar. E cada uma tem tantos, tantos humanos.

55

Vejo Quint e June trocarem olhares nervosos.

— Não temos certeza se eles estavam lá, June — Quint diz. — A única coisa que você sabe é que eles deram notícias de que estavam vivos *em algum lugar*.

June engole em seco e concorda, balançando a cabeça bem rápido.

— Ei — Dirk diz para June e Quint. — Vocês dois estão bem?

— Na melhor das hipóteses, meus pais estão presos dentro de um molde gigante de gelatina — June diz, séria. Neon esfrega o focinho na perna dela. — Então, não, não tô bem.

AS COISAS MUDAM! EU TAMBÉM ERA UM RIFTER APOSENTADO.

AGORA, ESTOU DE VOLTA E SOU O LÍDER DELES! QUANDO EU SOUBE QUE O THRULL PRECISAVA DE AJUDA PARA CAÇAR, EU NÃO PUDE RESISTIR.

— Calma aí — eu grito para o Ryķk. — Agora você trabalha para o Thrull? Mas você disse para nós onde a Torre ficava para *derrotarmos* o Thrull. Nós tínhamos um acordo — eu protesto. — Se o Ṛeżżőcħ vier, vai ser ruim para todo mundo nesta dimensão. E olha em volta, cara. Você está bem aqui, *nesta dimensão*.

Ryķk vem andando de peito estufado na nossa direção.

— O Thrull fez umas promessas. Ele me prometeu grandes recompensas! Em troca, os meus Rifters, e toda a artilharia na nossa base lá embaixo, irão destruir qualquer um que ousar tentar impedir a chegada do Ṛeżżőcħ. E o Ṛeżżőcħ vai chegar logo, agora que o Thrull tem a planta da Torre.

Dirk estrala as juntas dos dedos e coloca a mãozona no meu ombro.

— Ei, Ryķk. Você tá ligado que o Jack tem o apoio de um exército-zumbi inteirinho, né? Você quer escolher um lado? Acho que você tá escolhendo o lado errado. Além disso, podemos unir a artilharia que você tem lá embaixo com a ultragosma do meu amigo Babão. A gente pode dar uma bela de uma lição no Thrull. Vai, Jack. Conta pra ele.

O Dirk aperta o meu ombro tão forte que sinto que meus joelhos vão ceder. Ele *sabe* que eu não consigo controlar um exército. O Ryķk é um sujeito liso que quer ser o espertalhão, mas agora parece ser o momento certo para jogar o joguinho dele.

— É — eu digo. — Eu posso controlar o exército-zumbi. E sou muito bom nisso. Eu sei exatamente o que fazer e tudo mais.

— Nahh — Ryķk diz. — Acho que não.

Droga.

— Mas... você não pode acreditar no Thrull! — Quint grita.

— Eu acredito mais no Thrull do que na habilidade desse garoto de controlar um exército — Ryķk diz. — E, sem um exército, vai dar ruim pra vocês. Sem um exército, a minha única escolha é continuar sendo aliado do Thrull.

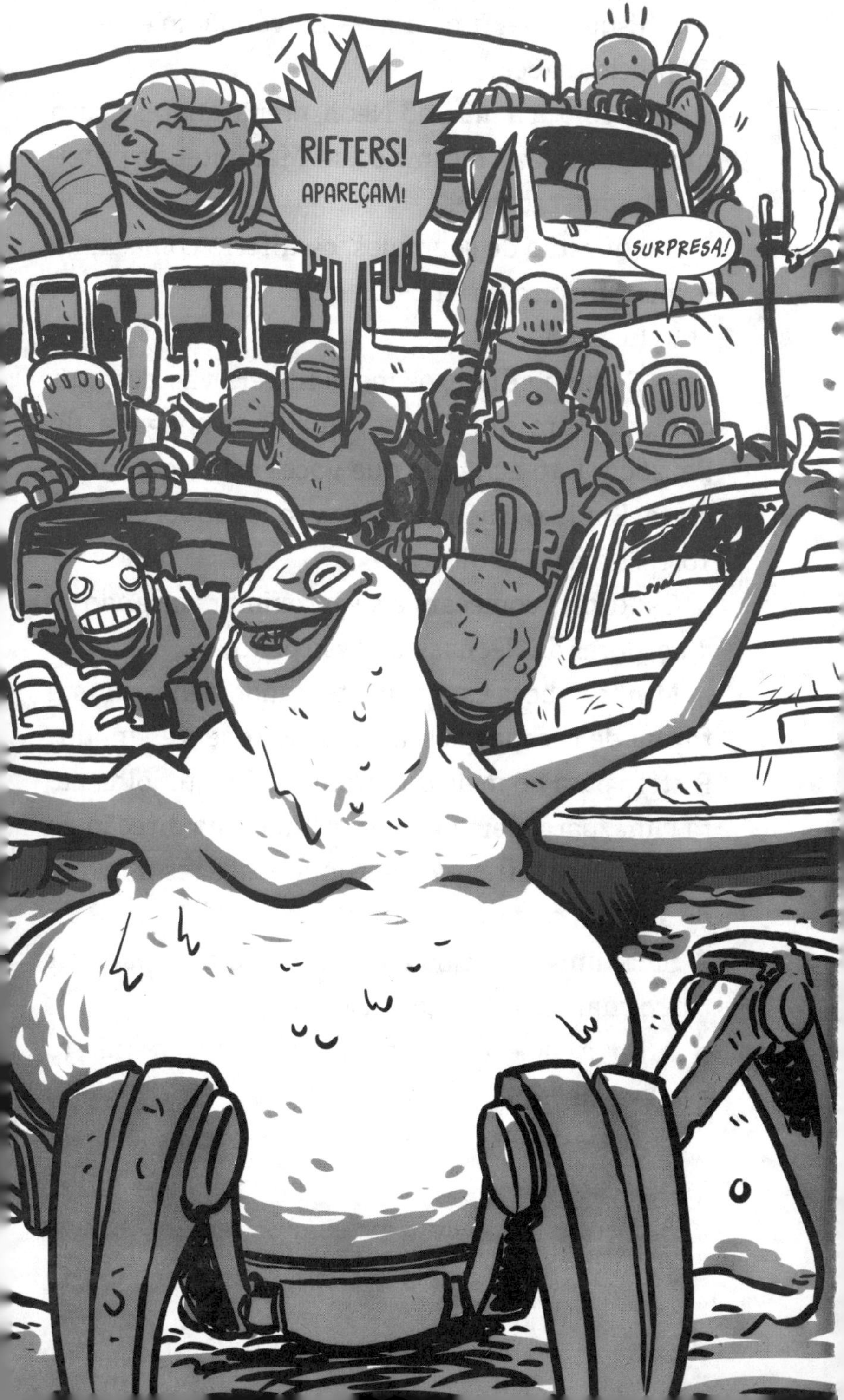
RIFTERS!
APAREÇAM!
SURPRESA!

— Esquece — June diz. — Eu vou lá no estádio. Eu preciso saber...

June coloca a mão no Neon, preparando-se para subir. Quint faz a mesma coisa. Mas antes do próximo movimento deles...

Em questão de segundos, os Rifters começam a formar um círculo à nossa volta.

Ryķk sorri.

— Como eu disse, os meus Rifters vão destruir qualquer um que tente impedir a chegada do Ṛeżżőċħ. E tô achando que vocês estão pensando nisso. Então os meus Rifters vão levar vocês até a Torre. Para o Thrull.

Os Rifters começam a se aproximar, mirando os lançadores de flechas no nosso peito.

Minha cabeça está a mil, tentando pensar numa forma de escapar dessa. Mas, de repente, um dos Rifters para no meio do caminho. O Rifter olha para cima, para além de onde estamos, na direção da Torre. Outro Rifter para abruptamente, resmungando alguma coisa.

Sinto um arrepio na espinha ao me virar para ver o que chamou a atenção deles.

A Torre começou a irradiar uma luz roxa sinistra e um zumbido tenso paira no ar.

E eu me dou conta: está acontecendo.

Agora.

A Torre está ligando...

# Capítulo Seis

## BOOM!

É assim que imagino que seja ficar a uns cinco metros de distância do lançamento de um foguete da NASA, quando aqueles propulsores gigantes disparam. Só que, aqui, a energia é *fria*. Nada de fogo ou calor, só um ar gelado, explodindo para fora a partir daquela estrutura medonha.

Um estalo muito alto corta a cidade de Nova Iorque quando um milhão de placas de vidro se estilhaçam ao mesmo tempo. A rajada de vento gélido bate contra a ponte, que balança como uma rede na tempestade. Por um momento, todos os carros abandonados são erguidos por um dos lados.

O Rover finca as garras no chão, perfurando o concreto e, ao mesmo tempo, tenta me agarrar com os dentes. Mas eu e meus amigos já estamos voando pelo ar. A explosão nos lança longe, e a Globlet é arremessada do alforje do Rover, o que faz com que ela finalmente acorde...

Neon tenta segurar a June, mas o vento o faz cambalear na direção de uma limusine capotada. Grandes pingos de ultragosma caem do Babão.

Os Rifters, que estavam nos cercando até um segundo atrás, são arremessados para fora da ponte. E nós iríamos juntos se não fosse por...

— SORVETE! — June grita.

SMASH!

Sinto todo o ar sair do meu peito ao bater contra o caminhão. Caio rolando no chão, ofegante.

Ouço o Dirk gritar:

— Olha!

Eu tento olhar, mas não consigo. Não consigo ver nada. Por um momento terrível, penso que o frio congelou as minhas pálpebras e não consigo mais abri-las. Mas então percebo que a minha blusa está colada no meu rosto. O vento transformou a minha blusa num chicote, assim como todo o resto.

— A Torre está se transformando... — Quint se assusta.

— Pelo jeito, o Thrull terminou — Dirk diz.

*Estou perdendo tudo isso!* É o que eu penso ao lutar para tirar a blusa do meu rosto. Quando finalmente consigo segurar a manga e abaixá-la...

A estrutura monstruosa está tomando outra forma. Parece um inseto chegando à fase seguinte da sua metamorfose. Ela se ergue e gira, como se estivesse fazendo uma versão horripilante de um bocejo e um alongamento matinal. As trepadeiras serpenteiam e arrebentam, e a estrutura vai se reorganizando.

O Rover passa uma pata em volta do meu tornozelo e eu apoio a mão na cabeça dele ao me levantar. A ponte começa a oscilar mais lentamente, agora que o vento acalmou.

Espantado, Ryķk fica vendo a Torre terminar a transformação.

VA-SHOOM!

— Agora vem a parte boa... — Ryķk diz.

Eu pulo para trás, protegendo os olhos ao ver o feixe de luz caótico subir.

Ryķk solta uma gargalhada, feliz da vida.

— A Torre se conectou com a minha dimensão. Logo, logo, o Ṛeżżőcħ tá pintando por aí. Ah, as recompensas! A minha coleção vai aumentar tanto!

De repente, sinto a Mão Cósmica torcer e apertar a minha pele. A coisa está praticamente se contorcendo em desespero. Um segundo depois, eu entendo o porquê...

— Ahm... pessoal? — Dirk diz. — Vocês estão vendo isso?

Eu estou...

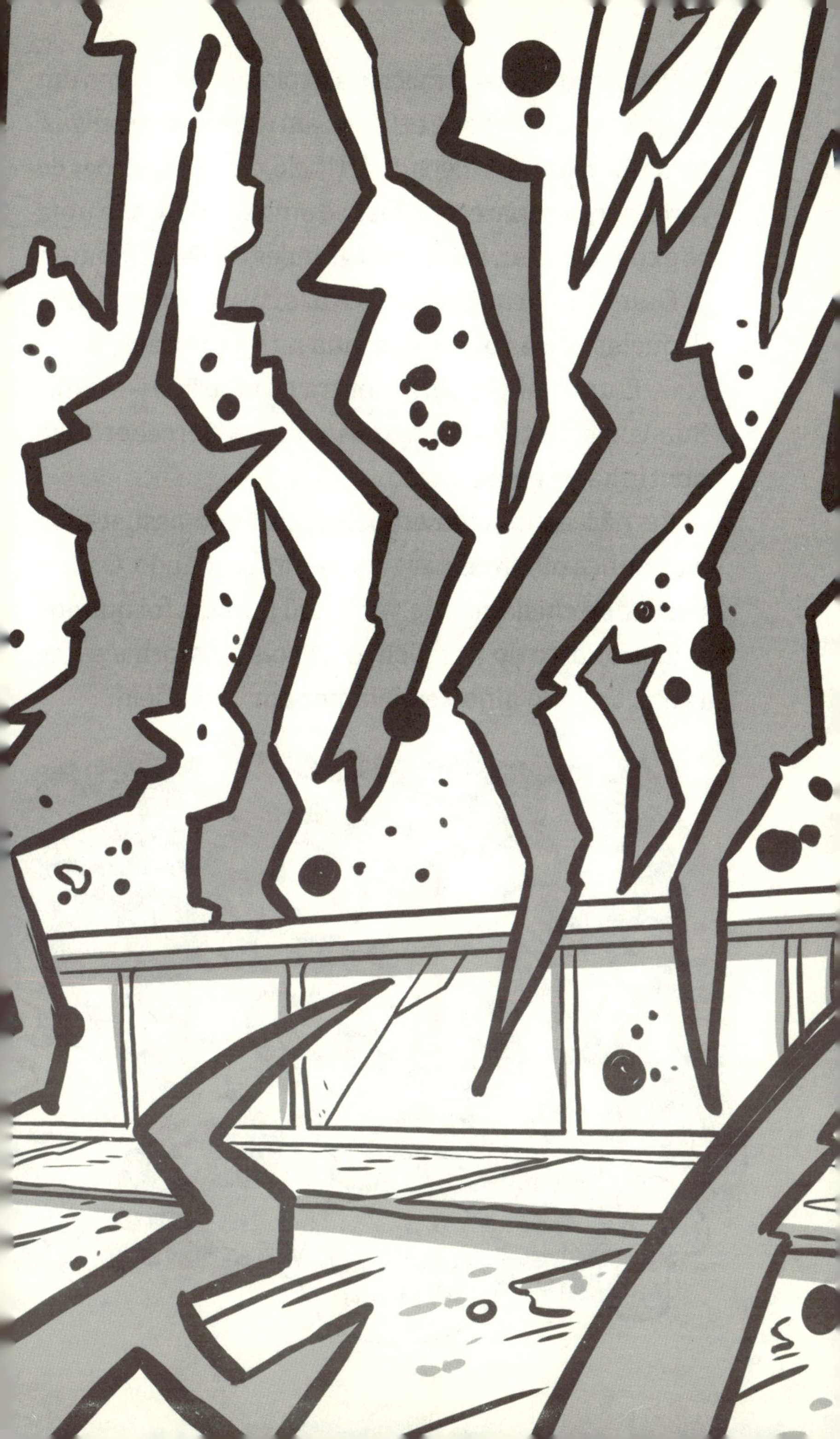

Pontos coloridos começam a explodir no ar, como um espetáculo de fogos de artifício em um circo de pulgas. Mas, diferente dos fogos de artifício, essas explosões de cores não desaparecem. Elas só aumentam. Cada uma se expande no ar, formando grandes ovais brilhantes.

Quint tira o canhão mágico das costas quando uma daquelas coisas ovais se forma na frente dele.

— É uma janela para a outra dimensão — ele diz. Sua voz está tranquila, mas dá para perceber uma pontinha de empolgação.

Eu não acho nada empolgante, acho assustador. Nós nunca olhamos para aquele outro mundo. O mais perto que chegamos de ver outro mundo, foi quando vimos o rosto do Ṛeżżőcħ, uma coisa disforme e mutante, quando ainda estávamos em Wakefield.

Isso aqui é diferente. É como se alguém tivesse puxado um zíper e rasgado o fecho que separa os dois mundos.

De repente, me dá vontade de derrubar o Quint para impedi-lo de ficar olhando pela janela. Aquela é a dimensão de onde os monstros saem. Onde o R̩eżżőcħ despertou. Onde o R̩eżżőcħ está agora mesmo.

A vontade de derrubar o meu amigo aumenta quando o Quint pega uma garrafa de plástico velha e empurra para *dentro* daquela forma oval brilhante.

— Não faça isso! — eu exclamo.

— Por quê?

— Porque... não! Você sabe. Ou melhor, você *não* sabe. Não cutuque a ferida. Ou a fera. Ou a fera ferida. Só não cutuque, tá legal?

— Mas, Jack, olha só! — Quint diz, empurrando a garrafa para dentro da fenda. — Não é só uma janela. É uma porta.

Eu engulo em seco. A gente olha pelas janelas. Mas a gente *entra* pelas portas.

É nisso que estou pensando quando, como se atraído por um ímã, sou puxado para perto da fenda à minha frente. Com cuidado, como se eu estivesse tentando copiar a lição de casa de alguém, dou uma espiada dentro daquela coisa.

Por um momento, é como se eu estivesse olhando através de um caleidoscópio quebrado. Tudo muda o tempo todo, não dá para entender nada. E então uma imagem vai girando e entrando em foco...

Vejo algo que parece uma fotografia estática, um único momento parado no tempo. Nesse momento congelado, há criaturas agonizando terrivelmente, *para sempre*. Por cima dessa cena estática e suspensa, há seres monumentais e imponentes. É como um time titular de vilões todo-poderosos, que parecem ter plena consciência de tudo o que acontece ao redor. Eles olham para baixo, para as criaturas atormentadas, com total indiferença.

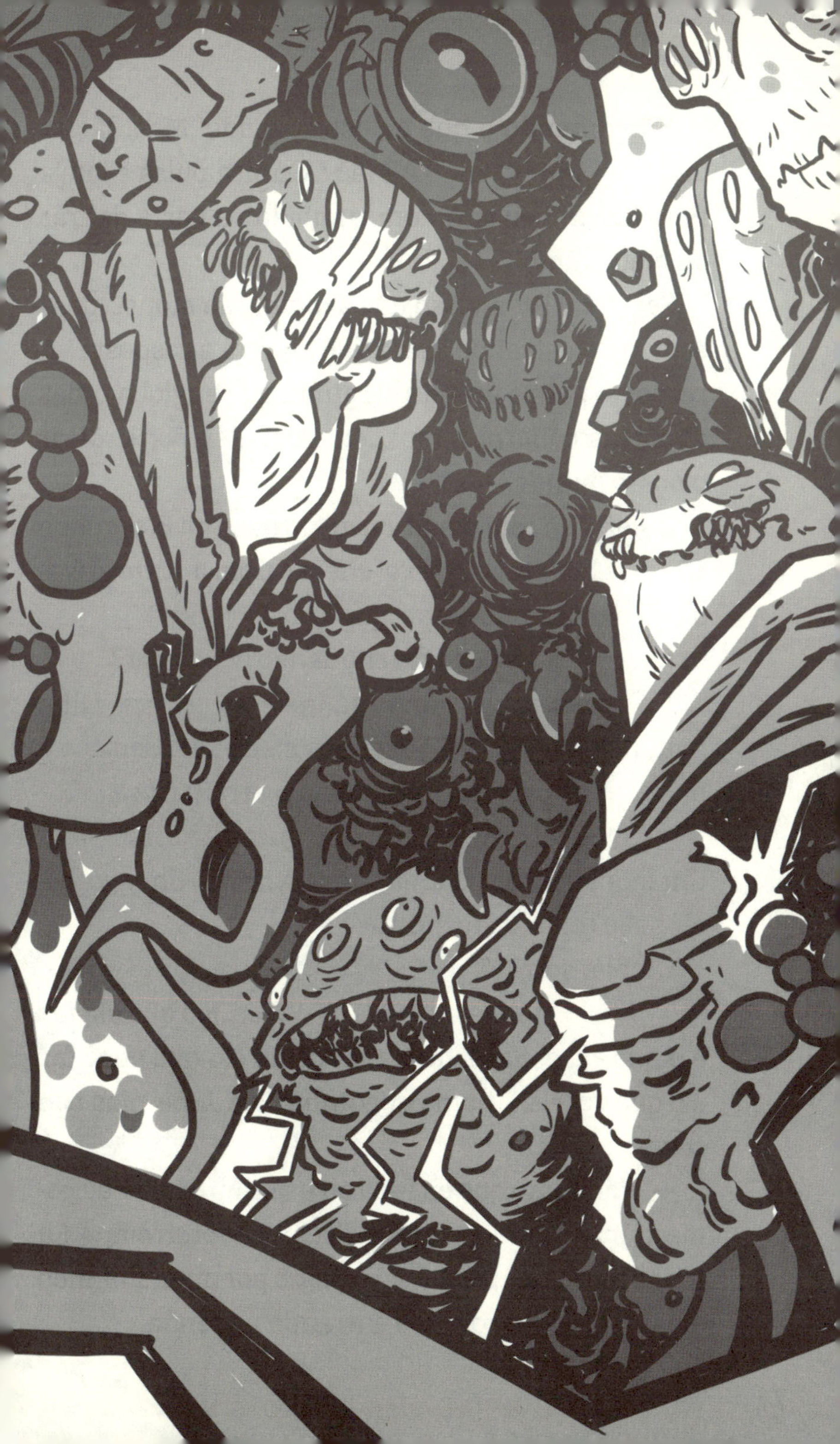

Não entendo o que eu estou vendo. Mas dá pra ver que é importante. A Mão Cósmica pulsa e lateja feito louca, e eu sinto um zumbido na parte de trás do meu crânio.

Seja qual for a visão que a dimensão monstruosa está me mostrando... será que ali está a resposta? A resposta para a grande pergunta que engloba todas as outras: *como podemos derrotar o Ṛeżżőcħ e salvar o nosso mundo?*

O Ṛeżżőcħ está por aí. *Basta atravessar.* E, segundo Ghazt, é inevitável: ele *vai* chegar. Com a Torre ativada, não tem como evitar que isso aconteça.

Mas o que eu devo fazer quando acontecer?

De repente, me vem uma ideia na cabeça. Olho para baixo e vejo a Globlet aos meus pés. Começo a disparar as palavras como uma metralhadora.

— Shuggoth, não é? Foi isso que você disse? Tem um monstro na sua dimensão chamado Shuggoth e ela sabe todas as respostas?

Globlet sorri.

— Isso. Ela sabe de *todas as coisas*. É o que ela faz e o que ela é! Sabe, né, assim como é o que você faz e o que você é ter uma quedinha pela June, mas não contar para ela.

— Não é isso que eu faço ou o que eu sou! — eu começo, mas o zunido de uma flecha me interrompe. Eu me abaixo a tempo. A flecha passa por mim, sumindo em um piscar de olhos e entrando na fenda.

Olho para trás e vejo Ryḳk correndo na nossa direção, com um novo batalhão de Rifters logo atrás dele.

— Peguem eles! — Ryḳk berra.

— Partiu, galera — Dirk diz, já montando em cima do Rover.

Vejo June olhando para o outro lado da ponte, na direção do estádio.

Ela conseguiu a resposta para a pergunta que vinha se fazendo: *Onde está todo mundo?* Mas e os pais dela? Será que eles estão seguros? Onde? Ela ficou sem essas respostas...

É toda vez a mesma coisa: nós conseguimos a resposta de uma pergunta, que sempre parece levar à outra ainda maior. E eu tô cansado. Eu quero respostas *de verdade*.

A fenda brilhante em forma de pálpebra está se fechando.

*Respostas de verdade*, eu penso. *Shuggoth. Ela sabe das coisas. De todas as coisas.*

A uns quatro metros de distância, percebo que Quint está me observando. E, na outra direção, June está subindo no Neon. Troco olhares com o Rover, que está pronto para começar a correr assim que montarmos nele. Ele inclina a cabeça, confuso.

*Eu vou voltar, amigos*, eu penso. *Só preciso fazer uma coisinha na dimensão monstruosa. Preciso descobrir como salvar o nosso mundo.*

Eu seguro o Fatiador bem forte e fico olhando fixo para a fenda.

— Aí vou eu...

TENTÁCULO!

O tentáculo atravessa a fenda, golpeando o ar na nossa dimensão. Antes de eu conseguir reagir, o tentáculo me enlaça, enrolando-se em volta do meu corpo como uma corda coberta por uma gosma grudenta.

Globlet solta um "wheeee!" ao ser arrancada de cima de mim. O Fatiador cai da minha mão. Eu tento alcançá-lo, mas não consigo. E o motivo é que estou sendo erguido e arrastado para dentro da fenda.

Não acredito.

Eu posso ter acabado de dizer as minhas últimas palavras. E elas foram: *Aí vou eu, tentáculo.*

# Capítulo Sete

Ao ser arrastado através da fenda, eu meio que espero ver algo como a vista da cabine da *Millenium Falcon*, de *Star Wars*, disparando em alta velocidade, com um milhão de pontinhos de luz se espalhando até o infinito.

Mas não é o que acontece.

E, para a minha grata surpresa, também não vejo o tentáculo, que sumiu.

O que eu vejo é muito pior.

Eu vejo o meu corpo caindo naquele vazio cósmico. É como me ver em uma transmissão ao vivo. Essa experiência extracorpórea esquisita se transforma em um pesadelo extracorpóreo quando, da minha vista de fora do meu corpo, vejo meus braços, minhas pernas e meu tórax sendo esticados.

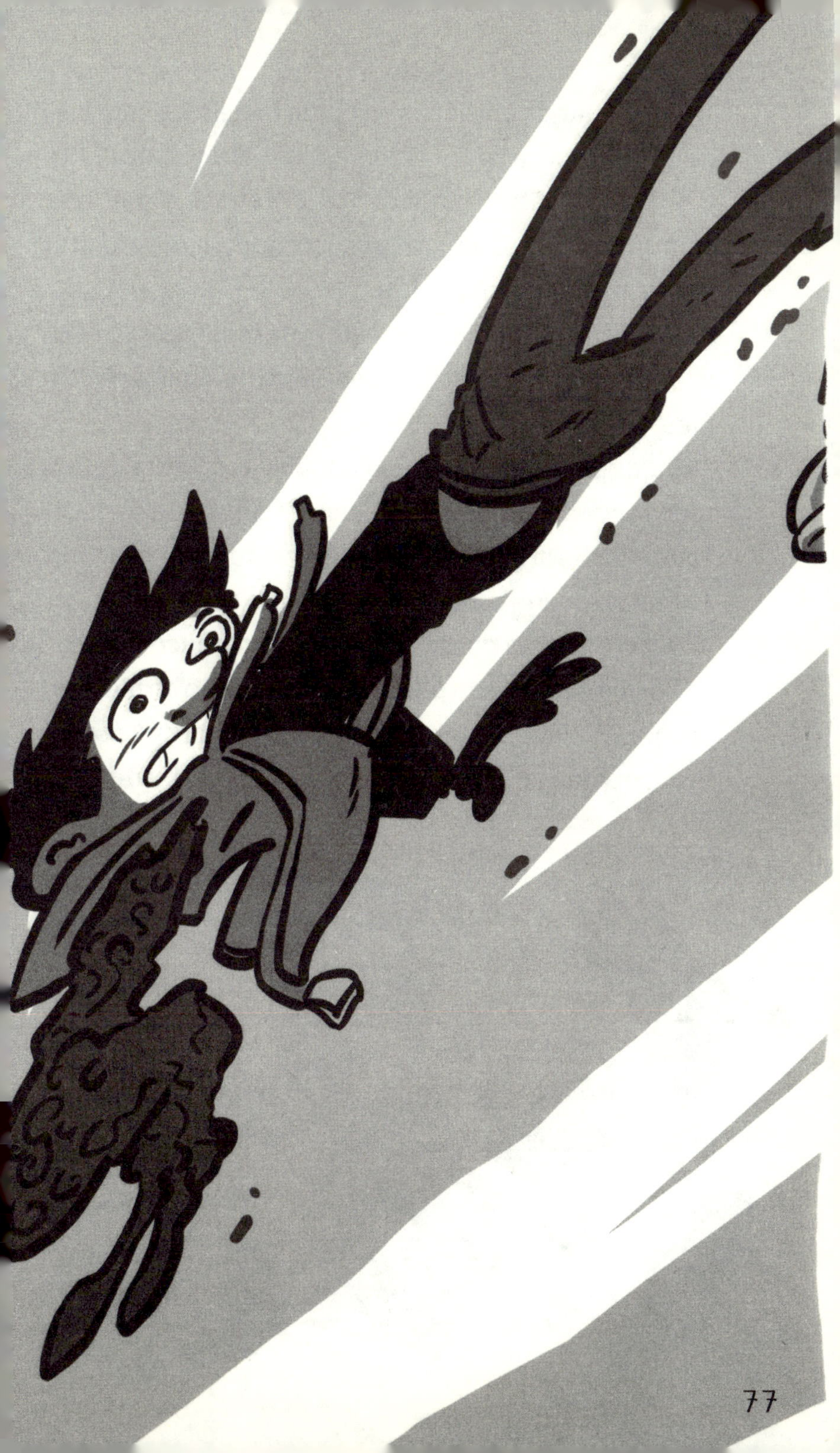

Sabe quando você mastiga uma maçaroca enorme de chiclete, pega com a mão e estica para ver até onde vai? Bom, acontece que eu e o chiclete temos mais em comum do que eu imaginava, porque é exatamente isso que está acontecendo.

Por fim, quando meus membros molengos já não podem mais ser esticados, eu vejo o meu corpo *explodir* em pedaços.

Eu quero entrar no meio daquele tornado e catar todos os pedacinhos de MIM que eu conseguir. Parece aquele jogo antigo em que jogavam dinheiro para o alto e uns trouxas ficavam correndo em volta, tentando pegar o máximo possível de notas em pouco tempo.

Só que aqui eu sou o trouxa e o dinheiro ao mesmo tempo. E não consigo segurar nada, porque meus braços estão soltos por aí, flutuando no abismo.

Mas se eu estou todo despedaçado, como eu posso estar pensando? Como eu estou consciente? Será que eu estou mesmo consciente? O QUE ISSO SIGNIFICA? Sinto o pânico aumentar dentro do meu cérebro e, então, a minha mente, em um gesto de piedade, parece desligar. Ela simplesmente não consegue processar o que está acontecendo e, então, entra em pane completa. O que eu faço agora é pensar no que vi poucos segundos atrás...

O rosto do Quint, um pouquinho antes de entrar na fenda. Meu melhor amigo, o primeiro amigo *de verdade* que eu tive, me vendo entrar no desconhecido.

Será que foi a última vez que eu o vi? Será que foi a última vez que eu vi *qualquer coisa*?

Uma voz fraca e distante faz minhas pálpebras abrirem rápido, como a persiana de uma janela sendo puxada com força. O que significa que, oba, eu ainda tenho pálpebras! E tenho outras partes no meu corpo. Estou em queda livre, capotando no vazio cósmico, na direção de um ponto de luz que está crescendo muito rápido à medida que eu caio.

Ouço a voz mais uma vez, dizendo:

— Peguei ele! Peguei ele!

De repente, uma explosão de cores e então...

*FLOOOOP!*

Estou... em uma rede. Eu chuto e esperneio, confuso. Empurro com as mãos, batendo na rede, tentando me levantar. E então eu vejo...

Pera aí. O quê?

A rede rasga e eu caio no chão feito um atum gigante. Naquela velha escala da confusão mental, eu estou quase explodindo o contador. Menos confuso do que quando meu corpo tinha virado um chiclete, mas por muito pouco.

> Pelotão Valentão?

> NÃO GOSTO QUE VOCÊ NOS CHAME DE VALENTÕES.

> EU CURTI.

— Tá tudo bem. Você tá em casa, cara — Dave diz, com uma voz tranquila. — Vem cá me dar um abraço.

— Aqui não é a casa dele! — Peaches esbraveja.

— A nossa casa é onde somos abraçados — Dave diz. — Você está seguro aqui.

— Ele *não* está seguro — Peaches diz. — Pare de mentir!

— Tô tentando pegar leve com ele — Dave sussurra. — Lembra como ficamos atordoados quando fomos sugados para cá?

Peaches fecha a cara.

— Você está sempre atordoado, Dave.

— O que vocês estão *fazendo* aqui? — eu pergunto. As minhas palavras parecem fracas e distantes, como se eu estivesse debaixo d'água. Que ótimo. Além de tudo, meus ouvidos estão entupidos. Eu tento bocejar. Nada feito.

— Estamos aqui para resgatar você — Canhão Johnson resmunga. — Chegamos bem a tempo.

E é aí que eu me dou conta: estamos *em movimento*. Sinto uns solavancos e tudo está balançando. O vento pinica o meu rosto. Sinto um fedor de cachorro molhado vindo de algum lugar. Sigo o cheiro e percebo que ele vem da plataforma que está tremendo debaixo dos meus pés.

— É o Mamupe — Dave diz, apontando para a criatura na qual estamos montados.

De repente, o Canhão Johnson dá um giro, balançando uma peça de artilharia do tamanho de uma geladeira.

— As vesparasitas peludas voltaram! MAIS UM POUCO DE DIVERSÃO! — ele berra, erguendo e disparando o canhão.

## BOOM!

Bom, o disparo funcionou. Meus bons e velhos tímpanos estouraram e eu volto a ouvir. E o que eu ouço é... luta.

Eu me viro para ver em que o Canhão está atirando, mas não consigo identificar, porque são *vários* os alvos.

Sim, a Peaches tinha razão. Eu não estou nada seguro...

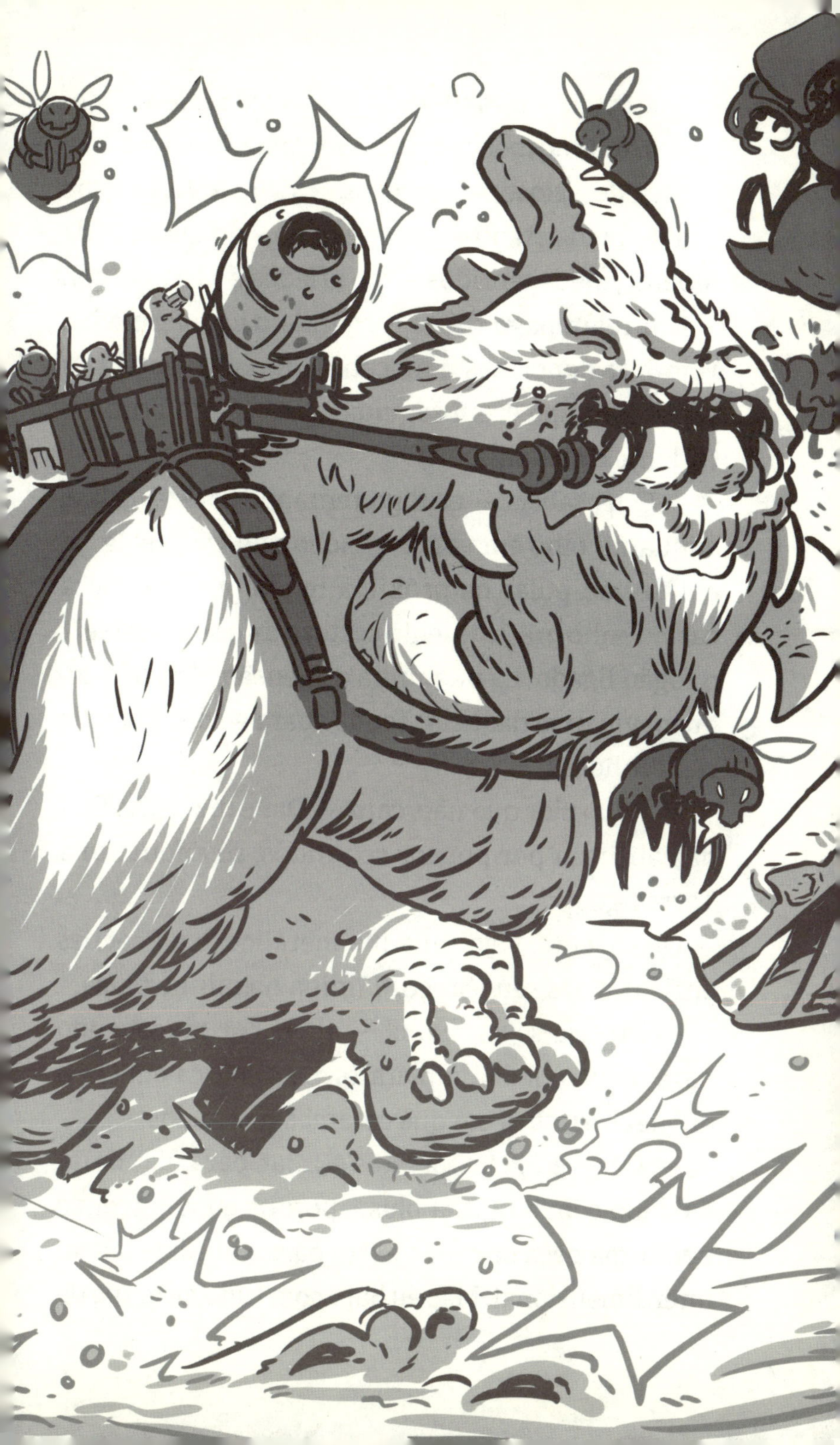

Que ótimo. Eu sobrevivi a uma queda interdimensional, mas acabei caindo no meio da versão monstruosa de *Velozes e Furiosos*. Aquele alvoroço me tira do meu estado de transe depois da queda e, de repente, meus sentidos estão afiados e a todo vapor.

Um relâmpago desce rasgando o céu vermelho. Vejo feras enormes e macabras no horizonte. Um gêiser irrompe e, em seguida, ouve-se um grito estridente e medonho.

— Quer saber... — eu digo, tentando parecer calmo enquanto olho em volta. — Acho que vou, sei lá... é, então, vou pular na próxima fenda pra voltar pra casa. Tenho praticamente certeza de que eu deixei... o fogão ligado. Lá na minha dimensão. É isso aí, alguém viu uma daquelas fendas para eu dar um pulo rapidinho lá?

— Putz, pior que não, cara — Dave diz. — As fendas abriram por poucos segundos, só enquanto a Torre ligou.

De repente, vejo uma luz metálica, e a Peaches enfia um dos seus braços-lâmina na minha blusa.

— Proteja-se, humano! — ela berra, me jogando para o outro lado da plataforma que fica em cima daquela criatura em que estamos montados.

— Ei! — eu grito, prestes a falar para ela tomar cuidado com a minha blusa, porque eu não trouxe nenhuma peça de roupa extra para a minha viagem interdimensional. Mas eu bato com tudo na grade da plataforma e fico sem ar. A única coisa que consigo fazer é me controlar para não vomitar.

Debaixo de nós, vejo um rio correndo com um líquido arroxeado espesso. Lá longe, vejo monstros colossais, imóveis, corpos apodrecendo no sol como um bando de baleias encalhadas. Imagino que os cadáveres de criaturas do tamanho do Godzilla não são uma característica original da paisagem. Eu gostaria de perguntar o que aconteceu com eles, mas tenho preocupações mais urgentes...

Os monstros pipocando à nossa volta — as tais das vesparasitas — me fazem lembrar de vespas mutantes criadas em laboratório. Das costas delas, saem lâminas giratórias, como aquelas sementes aladas que caem das árvores no verão. Uma cauda curtinha e grossa com um ferrão dispara agulhas energizadas.

O céu está tomado de vesparasitas e fica parecendo um único borrão, que desce em um mergulho vertiginoso para acabar com tudo o que há pela frente. Eu fico tão ocupado tentando desviar das agulhas que chegam na plataforma que nem percebo a vesparasita raivosa vindo na minha direção. Até que ela bate no meu peito com tudo, me tirando do chão. Aquela coisa me arrasta pela plataforma, batendo as mandíbulas, enquanto meus calcanhares vão tremelicando pelo chão...

Eu seguro a mandíbula que está mais próxima de mim, achando uma boa ideia me livrar dela primeiro,

Asas giratórias

e jogo-a para o lado. A vesparasita solta um ruído gorgolejante, abre a boca para pegar o meu rosto e então...

Ouço um barulho de algo molhado se espatifar. Então percebo centenas de lesmas voadoras grudarem na criatura, mandando-a para longe.

Eu me viro para ver onde está o Canhão Johnson, que apoia na cabeça seu canhão disparador de lesmas ainda soltando fumaça.

— Tá me devendo uma — ele começa a dizer, mas então um tiro pesado explode na plataforma, o que nos faz cambalear e dar de cara na parede. Por um momento, ficamos escondidos debaixo de uma proteção.

— Será que alguém pode me dizer o que está acontecendo? — eu grito. — Contra quem estamos lutando?

Peaches olha para trás de onde estou, e eu acompanho o seu olhar. E, assim, tenho a minha resposta.

*Serrote.*

Ele aparece, com seu corpão bulboso pairando no ar, em cima da vesparasita mais amedrontadora que eu já vi. O Serrote está diferente de quando eu o vi pela última vez. O cientista maluco diante de mim agora parece ter sido quebrado e reconstruído. Repaginado, remodelado. Para ficar ainda mais monstruoso.

E ASSIM NOS REENCONTRAMOS! E DESTA VEZ... VOCÊ ESTÁ NO MEU TERRITÓRIO. DESTA VEZ, VOCÊ NÃO ME ESCAPA.

# Capítulo Oito

Eu encaro o monstro que matou o Ghazt, e que tentou matar meus amigos, e que tentou me matar, mas não conseguiu. E que tentou entregar a planta da Torre para o Thrull, e conseguiu.

Sua voz esganiçada e mandona corta o ar.

— PEGUEM O GAROTO COM A MÃO CÓSMICA!

Olho em volta da plataforma, torcendo para ter outro garoto com uma Mão Cósmica. É, não foi dessa vez!

O Serrote ruge:

— Aquele parado ali com cara de paspalho! Pegue o garoto, Debra-Lâmpada! Aquele com a mão!

— Ei! — eu grito. — Todo mundo tem mão!

— Eu não — Peaches diz, tocando em sua espada salpicada de meleca.

— Ok — eu resmungo. E, então, grito de novo. — Todo mundo tem mão, menos a Peaches!

Calma, o que foi que ele disse?

O Serrote tem dois Enfermeiros Monstruosos como assistentes: a Debra e o Olho de Lâmpada. Mas ele acabou de dizer *Debra-Lâmpada*, como se fossem uma coisa só. Talvez o Serrote seja tão egocêntrico que não se dê ao trabalho de saber quem é quem? Ou talvez...

Solto um grito de nojo ao ver Debra e Olho de Lâmpada. Ao mesmo tempo. Montando na mesma vesparasita. Porque a Debra e o Olho de Lâmpada agora são...

## DEBRA-LÂMPADA

*Quando dois se tornam um só!*

*Juntos e misturados.*

*Mas ainda com aquela lâmpada!*

Parece que eles foram apertados, esmagados e grudados para depois serem montados de novo. Fico imaginando que aquela combinação absurda pode ser um efeito colateral de ter passado pelo portal do Ghazt. Ou será que foi mais uma obra nefasta do Serrote? Eu consigo imaginá-lo perfeitamente brincando de Dr. Frankenstein com seus subordinados só para ver a coisa pegar fogo.

Mas, neste momento, não importa como isso aconteceu. O que importa é que, em poucos segundos, eles vão virar aquela vesparasita na minha direção e me derrubar da plataforma.

— Vou pegar o garoto, senhor! — Olho de Lâmpada grita.

— Era o que eu ia dizer! — Debra retruca. — SENHOR SERROTE, VAMOS PEGAR O GAROTO!

— Não me imite! — Olho de Lâmpada surta. Ele se vira para brigar com a Debra, o que faz com que a vesparasita vire para a direita. A Debra dá um berro, a vesparasita grasna, lançando uma saraivada de agulhas.

**BOOM!**

Uma porção de fragmentos faiscantes atinge a couraça do Mamupe, que solta um rugido raivoso de dor e debanda ainda mais rápido, o que nos distancia um pouco dos monstruosos, pelo menos por um tempinho.

Parando um segundo para respirar, eu chamo o Pelotão Valentão para uma conversa rápida.

— É o seguinte — eu digo, tentando parecer pelo menos um pouco confiante e competente. — Aquelas fendas abriram e eu vi... bom, não sei exatamente o que eu vi. Mas eram uns seres horríveis pairando sobre uma coisa *ainda mais* horrível. Mas aquilo que eu vi... eu acho que é ali que está o segredo que vai nos ajudar a derrotar o R̰ėżżőcħ. E a minha amiga Globlet me disse...

Todos eles tomam um susto.

— Globlet, a Infame? — Peaches pergunta.

— Globlet, a Malandra Charmosa? — Canhão Johnson pergunta.

— Globlet, a Rainha da Meia-Noite? — Dave pergunta?

— Oi? Não. Outra Globlet. Globlet, a... espevitada. Eu acho. Enfim, ela está lá na minha dimensão. Mas ela me disse que há uma monstra aqui que sabe de tudo. E talvez possa ajudar a decifrar o que eu vi. Uma monstra chamada Shuggoth...

Ao ouvir o nome *Shuggoth*, o Pelotão Valentão fica todo esquisito. Tudo acontece muito rápido, mas eu percebo: Peaches olha para o Dave, como que dando um aviso. Mas Dave ignora.

— Shuggoth sabe de tudo, é verdade — Dave diz.

— Mas, para falar com ela, você vai precisar...

Peaches bate com a parte fosca da sua lâmina na boca dele, para ele se calar.

— Não. É arriscado.

— O garoto passou por um buraco dimensional e caiu em uma batalha com o Serrote — Dave protesta, afastando a lâmina. — Isso, sim, é arriscado.

— Mas o risco era só dele — Peaches diz. — Uma conversa com a Shuggoth arriscaria a vida de muita gente.

Peaches e Dave se olham por um bom tempo. Como num impasse.

É o Canhão Johnson, o último do trio que eu esperava que me ajudasse, que quebra o silêncio.

— O carinha aqui vai morrer só por tentar *chegar* até a Shuggoth. E ele meio que me irrita, então, não tô nem aí. Vou te contar. A Shuggoth está na Cidade Escondida.

— Qual é, eu te irrito? Por que eu te irrito? É algo específico ou... — eu começo a falar, mas paro ao me dar conta de que o Canhão acabou de me informar onde a Shuggoth está! — Na Cidade Escondida! Saquei! Maravilha. Poxa, finalmente as coisas estão dando certo. Caramba, tirar informações de vocês é mais difícil do que arrancar um dente.

— Ai, arrancar dentes! — Peaches exclama. — É o que eu mais gosto de fazer em dias chuvosos! Deixa a Shuggoth pra lá! Fique aqui com a gente e vamos brincar de arrancar dentes. Eu vou primeiro!

Não, valeu...

Eu estou prestes a fazer mais umas perguntas para o Pelotão Valentão: será que eles podem me arranjar uma carona até a Cidade Escondida? Por que é tão arriscado conversar com a Shuggoth? Será que eu devo levar um presentinho pra ela, tipo um bolo de banana ou coisa parecida?

Mas eu não consigo.

O céu fica encoberto por uma sombra gigantesca. Olho para cima. Não são nuvens de tempestade, nem um eclipse solar, e muito menos um guarda-sol no lugar errado.

São centenas e mais centenas de vesparasitas zumbindo pelos ares. E quem as está guiando, à frente e no meio de todas elas, é ninguém mais, ninguém menos que: Debra-Lâmpada.

Ouço a voz do Serrote vinda de algum lugar:

— PEGUEM LOGO ELE!

Uma explosão corta o ar quando a vesparasita montada por Debra-Lâmpada solta uma saraivada de agulhas energizadas. A artilharia brilhante forma um arco no céu e, então...

A plataforma *explode*.

Eu me vejo no ar, rodando, girando, dando cambalhotas. Eu me sinto em uma roleta de bingo. A cada rotação, vejo de relance o que sobrou após o ataque.

Debra-Lâmpada, com o canhão de cauda da vesparasita, soltando uma fumaça escaldante.

O Mamupe avançando a toda velocidade.

A plataforma do Mamupe, em chamas, e o Pelotão Valentão sumido.

E, de repente, uma pancada violenta!

Duas, na verdade.

A primeira pancada violenta é quando um dos bráculos do Serrote me puxa e quase quebra meus ossos, me agarrando para me levar para perto dele.

A segunda é do próprio Serrote.

Que sujeitinho pancada.

—A passagem de uma dimensão para a outra não foi fácil para o meu corpo aprimorado e modificado — o Serrote diz. — Foram muitos estragos, que me deixaram... grotesco.

— Olha, você não era exatamente um colírio para os olhos — eu digo. — Deu até uma melhorada.

— Ah, sim, *muito* melhor! — ele diz com um sorriso tresloucado. — Grotesco é ótimo! Os estragos me deram a oportunidade de mudar a minha anatomia de uma forma totalmente nova, incrível e deliciosamente repulsiva...

Aquele monstro maluco me tem em suas mãos e poderia acabar com a minha vida em um instante, mas eu não consigo me segurar. Eu mordo os lábios para

MAIS GROTESCO DO QUE NUNCA

BRÁCULO PODEROSO PARA BATALHAS

não rir. Poxa, o cara fala parecendo um comercial de um brinquedo assustador...

A risada estridente e amalucada do Serrote me traz de volta para o presente.

— Mas a DOR... você vai me pagar por *aquilo*. — Com um bráculo, ele encosta na Mão Cósmica. — Você também sofrerá alterações. Como eu disse que aconteceria...

Eu me lembro do que o Serrote me falou quando estávamos na fortaleza...

SUA TRANSFORMAÇÃO MONSTRUOSA NÃO É INEVITÁVEL. EU PODERIA REMOVER ISSO DE VOCÊ. ISSO ESTÁ DENTRO DAS MINHAS CAPACIDADES.

— Você pensou na minha proposta — Serrote diz —, e deveria ter aceitado. Porque, agora, você não tem escolha. Vou arrancar esse membro horroroso do seu corpo. E não serei gentil. E acho que também vou mudar uma coisinha ou outra, aproveitando que vou estar com a mão na massa. Como eu disse: logo, você será um de nós.

Eu engulo em seco. Esse esquisitão sabe pegar nos meus pontos fracos. E se eu tiver vindo até aqui, conseguir as respostas de que preciso, mas voltar para casa depois de me transformar num ser meio monstrengo, enquanto meus amigos seguem as vidas deles? A ameaça perversa do Serrote me dá uma pontada de medo. O que vai acontecer quando tudo isso acabar...

Mas um movimento rápido atrás do Serrote felizmente interrompe os meus pensamentos.

O Serrote vem me cheirar.

— Ah, isso é cheiro de medo?

— Não — eu digo, começando a sorrir. — Isso é cheiro de Dave.

O Serrote se vira, a tempo de ver o Dave pulando para cima dele.

— O JACK TÁ BEM! ELE TÁ INDO PRA CIMA DELE!

O Dave aterrissa em cima do Serrote, como um lutador pegando impulso nas cordas do ringue. O Serrote cambaleia. O Dave começa a socá-lo, e ele geme de dor. Seus bráculos caem, e eu fico livre.

E eu caio. De novo.

Quando o bráculo cai, ouço um som que parece uma chicotada, fazendo uma tentativa de me capturar outra vez. Seu membro acerta o meu rosto com uma picada dolorida, mas a minha queda livre continua.

O Serrote, gemendo e ofegando, continua se engalfinhando com o Dave. Ele resmunga:

— Reze para você não sobreviver a essa queda, Jack Sullivan! Eu prometi que ia causar dor em você e não vou quebrar a minha promessa. Mas eu vou quebrar você. Vou seguir você até o fim desta dimensão.

O discurso maluco do Serrote vai ficando mais fraco enquanto o mundo debaixo de mim parece subir cada vez mais rápido na minha direção.

A minha única esperança é que esta dimensão seja tão absurdamente diferente da minha que, sei lá, o chão seja feito de pão de leite. É isso que eu imagino: um pãozinho macio e gostoso. Mas aí...

**CRACK!**

*Isso não é pão de leite*, eu penso, e tudo fica escuro.

# Capítulo Nove

Passa um tempo, não sei quanto ao certo.

Eu pisco, abro os olhos e vejo um borrão de cores. Toco no meu rosto e sinto as minhas mãos cobertas de uma meleca estranha e meio líquida, como bala derretida. E sinto algo molhado nos meus lábios...

Pera aí. Globlet? A Globlet está aqui... e está tentando fazer uma respiração boca a boca?

FIQUE COMIGO, JACK! VOCÊ VAI FICAR BEM!

— Globlet, eu tô bem! — eu digo, já me levantando e afastando-a de perto da minha boca.

Ela desliza para sair de cima do meu peito.

— Nós demos um beijo!

Eu limpo a boca com as costas da mão.

— Você tem gosto de jujuba. — Eu cuspo outro monte de meleca e olho em volta. Estamos em um bote, descendo por um rio borbulhante e colorido. — Globlet, como você veio parar aqui? O que tá acontecendo?

— Você aterrissou neste rio. Nós puxamos você para dentro do nosso bote maneiro. E depois eu salvei a sua vida e você ficou todo cheio de frescura.

— Ei, não é frescura coisa... pera... *nós*?

Naquele instante, sinto um tapinha no meu ombro.

— Poxa vida, isso é jeito de receber os amigos? — Globlet diz. Ela toca a mão do Quint.

Oi, amigão.

POR QUE VOCÊ ESTÁ AQUI?

— Não foi o que eu quis dizer... — eu começo a me desculpar. — Mas...

— Eu não poderia deixar você passar por aquela fenda sozinho, Jack — Quint me diz. — Então, vim atrás de você.

— E eu fiquei presa na blusa dele, feito um fiapinho! — Globlet diz. Ela parece estar muito orgulhosa de ser grudenta igual a um fiapo.

Eu balanço a cabeça.

— Quint, que besteira você fez!

Mas por mais que eu queira parecer bravo, só consigo me sentir aliviado. Já aconteceu várias vezes de eu ficar feliz ao ver o Quint, mas dessa vez, ele se superou.

Ao mesmo tempo, isso deixa as coisas mais complicadas. E se a Globlet estiver errada sobre essa criatura chamada Shuggoth? Poxa, eu não confiaria na Globlet para cuidar do hamster da turma durante um final de semana e, mesmo assim, viajei para a dimensão monstruosa por causa de um conselho dela. Se a Shuggoth não puder nos ajudar, o meu passeio através da fenda fará com que não só eu, mas também o Quint, fique preso nesse lugar.

Eu afasto essas ideias e parto para a ação.

— Gente, naquela fenda, eu vi... uma coisa ruim. Só que... não consigo encontrar as palavras para descrever o que foi.

— Ah, eu adoro essa brincadeira — Globlet leva a mão ao queixo. — Tá, eu primeiro. É uma pessoa, lugar ou objeto?

— Eu não sei! — digo, começando a me sentir muito cansado. — Lugar? Coisa? Monstro? A última parada no fim do universo? Todas as respostas anteriores. Eu sei lá! Era o terror... vagando e flutuando. Mas a Mão Cósmica começou a latejar e eu tive a sensação de que aquilo que eu estava vendo era a chave do mistério. Foi por isso que eu entrei.

— Ah tá, claro. *Entrou?* — Globlet repete. — Você foi puxado por um tentáculo! Você estava estrebuchando, berrando e chorando, com o nariz cheio de ranho! Nós vimos. Não finja que você deu um salto cheio de coragem.

— Eu estava *prestes* a entrar! E não estava berrando e nem cheio de ranho! — eu protesto. — Olha, se essa tal monstra Shuggoth puder decifrar o que eu vi, acho que terei a resposta para a grande pergunta: COMO DETER O ŖEŻŹŐCH.

Quint fica me olhando por um segundo. Será que ele também teve uma breve visão daquele mesmo pesadelo assombroso que eu?

Depois de um bom tempo, ele diz:

— Estranho. Eu não vi nada disso.

Eu engulo em seco. Que ótimo. Agora, parece que aquela visão surgiu especificamente para *mim*, por algum motivo.

Mas o que foi que eu vi? Será que era o futuro? O passado? Uma lanchonete macabra de *fast food* da dimensão monstruosa? Eu preciso saber!

Olho para a Mão Cósmica e me lembro da sensação de formigamento e pulsação que senti.

E é aí que paro para prestar atenção no nosso bote e percebo que não é um daqueles infláveis e nem uma daquelas boias de descer rio, mas o cadáver apodrecido e inchado de um monstro.

— Ai, que fofo, vocês arranjaram o bote mais nojento de todos os tempos.

— Seja legal! O Cadavrinho vai ouvir!

— Bom, já que estamos juntos, é hora de conhecer a Shuggoth. Globlet, você mostra o caminho! — Quint disse.

Globlet dá um sorriso tímido.

— Pois é... então... eu não sei exatamente *onde* a Shuggoth está. — Ela olha para mim e sussurra algo no ouvido do Quint. — O Jack vai ficar muito bravo agora, não vai?

— Não — eu digo. — De jeito nenhum. Porque *eu* sei onde a Shuggoth está. Adivinha quem eu encontrei aqui?

Quint pensa por um instante e responde:
— Chet Brophy.

— Heim? — eu pergunto.

— Chet Brophy — Quint diz. — Nosso colega da escola.

— Por que eu teria visto o nosso colega de escola em outra dimensão?

Quint dá de ombros.
— Você me pediu para adivinhar.

Globlet se inclina à frente, levando as mãos ao queixo.

— E aííí, o que o Chet Brophy te contou?

— EU NÃO ENCONTREI COM O CHET BROPHY! — eu exclamo. — Eu encontrei o Pelotão Valentão.

— Sério? Que inveja — Quint diz. — Como eles estão?

— Não perguntei.

— Que mal-educado! — Globlet diz.

— Olha, não deu tempo de botar o papo em dia! Eles me seguraram quando eu saí pela fenda.

Então, conto ao Quint e à Globlet tudo o que aconteceu depois que eu cheguei: as vesparasitas, a Debra-Lâmpada, o Serrote prometendo que me causaria uma dor indescritível. E termino com o mais importante:

— Shuggoth está na Cidade Escondida.

— Então é para lá que nós vamos! — Quint diz.

Só espero que a Shuggoth não exija um sacrifício de sangue como pagamento pelos seus serviços. Além disso, o Canhão disse que nós *morreríamos* se tentássemos chegar até ela, o que não me parece muito legal. Mas nada disso vai nos ajudar, então eu repito:

— Globlet, nos mostre o caminho.

Globlet fica em pé.

— SEM PROBLEMAS! É o que eu diria se soubesse onde fica a Cidade Escondida. Mas eu não sei. Nunca ouvi falar.

Eu fico olhando para a Globlet, que me dá uma cotovelada de leve no braço.

— Agora, sim, você vai ficar bravo, né?

Tá, é real, eu estou oficialmente surtando. Nós temos um destino, mas nem ideia *de onde fica esse lugar*!

E, estranhamente, eu pareço ser o único que acha isso *ruim*. O Quint e a Globlet não parecem muito preocupados com *nada*. Poxa, o Quint agora está de

> Pessoal! Será que dá pra gente se concentrar?

olho em uma fruta pendurada em uma árvore, falando baixinho que a cor é muito perfeita. A Globlet está tentando soprar a maior bolha de todos os tempos.

Eu seguro o Quint até a fruta finalmente cair do galho, o que nos faz ser lançados como um estilingue de volta para o estômago inchado do bote-cadáver. Em seguida, eu estouro a bolha da Globlet com o dedo, e ela despenca no bote, coberta de chiclete.

— Ah, que ótimo — ela resmunga, arrancando uns pedaços de chiclete roxo, como se aquele fosse o maior problema do dia.

Eu olho para o Quint, depois para a Globlet e, depois, para o Quint de novo. *Qual é o problema desses dois?*

— Ééé, pessoal? — eu começo, tentando ficar calmo, mas logo percebo que o plano caiu por terra. — ISSO É

SÉRIO! EU TIVE UM PESADELO HORRÍVEL! E talvez isso seja o segredo para salvar a nossa dimensão. Nós precisamos conversar com a Shuggoth. MAS NÓS NÃO SABEMOS COMO CHEGAR ATÉ ELA!

Quint coloca a fruta na mochila e olha para mim com um sorriso despreocupado.

— Jack, vai dar tudo certo — ele diz. — Eu tô com um bom pressentimento.

Eu não acredito. Normalmente, *eu* sou o cara animado que finge que está tudo bem. O que está acontecendo aqui?

— Você é o cara da ciência e da lógica e de repente você tá aí, de boa, porque teve "um bom pressentimento"?

— Isso aí!

Antes de eu conseguir continuar questionando, um jato de um líquido gosmento sai de um dos olhos do Cadavrinho e acerta bem na minha boca.

— Ah, que ótimo — eu suspiro, limpando o rosto. — O nosso bote está com vazamento.

Não ouço nenhuma resposta do Quint ou da Globlet, e percebo que o sorriso despreocupado do Quint agora virou um olhar intrigado e confuso. Ele está admirando algo que está atrás de mim. Eu me viro e vejo o que ele estava olhando...

— Uma cachoeira — suspiro.

O rio está nos levando para a base. Mas, calma... não tem nenhum líquido descendo. Franzo a testa, pois tem algo estranho aqui. É como se eu estivesse olhando para uma ilusão óptica que não consigo entender.

> Ah! A cachoeira está subindo! É uma cachoeira reversa.

> Quase isso. É uma sobe-d'água.

Na base (ou seria no topo?) da sobe-d'água, o rio afunila e sobe formando um tornado líquido que rodopia no ar.

— Incrível... — Quint diz, mais uma vez espantado com as realidades desta dimensão. O olhar admirado em seus olhos ao ver a fruta, e agora a sobe-d'água, demonstra que este lugar é como um parque de diversões gigante para o Quint. Um parque muito perigoso e cheio de monstros assustadores, terrenos inimagináveis e perigos sem fim. E ele não estaria aqui se eu não tivesse atravessado primeiro.

Nós precisamos chegar aonde Shuggoth está, e rápido. Antes que o Quint decida fixar residência por aqui.

O rio ganha velocidade e passa a arrastar o nosso bote-cadáver, passando por cima de detritos pontiagudos, para cada vez mais perto da sobe-d'água. Ondas de líquido viscoso respingam em nós. A atmosfera estranha da dimensão monstruosa colide com o rio, e sinto cheiro de algo parecido com cereal de frutas e cabelo queimado sendo sugado para dentro da torrente de líquido.

— Segurem-se! O Cadavrinho vai nos levar para passear! — Globlet grita, agarrando-se ao bote-cadáver com as mãos (e com uma ajudinha de toda aquela quantidade de chiclete).

E, assim, subimos vertiginosamente, com o cérebro chacoalhando. É como se estivéssemos na Torre do Terror de ponta-cabeça e o freio tivesse explodido. Eu me agarro à pele solta e pútrida do bote-cadáver, segurando desesperado enquanto somos impulsionados cada vez mais para cima.

Meu estômago revira sem parar.

Fico com os dentes cerrados como um urso-pardo, só para garantir que as minhas tripas não revirem e tentem sair pela minha boca. Finalmente, chegamos ao topo da sobe-d'água, mas o bote não para e nos arremessa com um impulso em direção ao céu. Eu grito com todas as minhas forças enquanto o bote vai girando, girando e girando no ar...

Ficamos pairando no ar por um tempo que parece longo demais para ser verdade, e então caímos na água. E a queda é *longa*. Quando caímos no rio, sentimos um líquido pegajoso cair com tudo sobre nós, causando um forte impacto no bote, como se fosse um tiro de canhão.

Mas estamos vivos. Preciso de um tempo para acreditar, mas logo a corrente nos leva para águas mais calmas. Por fim, eu me sinto seguro o suficiente para erguer a cabeça, e tomo um susto.

# Capítulo Dez

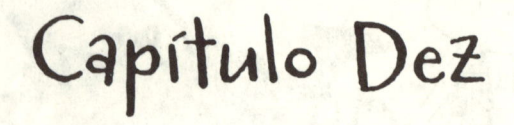

A estrutura que se estende diante de nós me deixa sem palavras. Ao menos, eu *espero* que seja a estrutura que se estende diante de nós que esteja me deixando sem palavras e que eu não tenha engolido a minha língua durante a nossa subida na sobe-d'água (uma experiência muito menos divertida do que pode parecer).

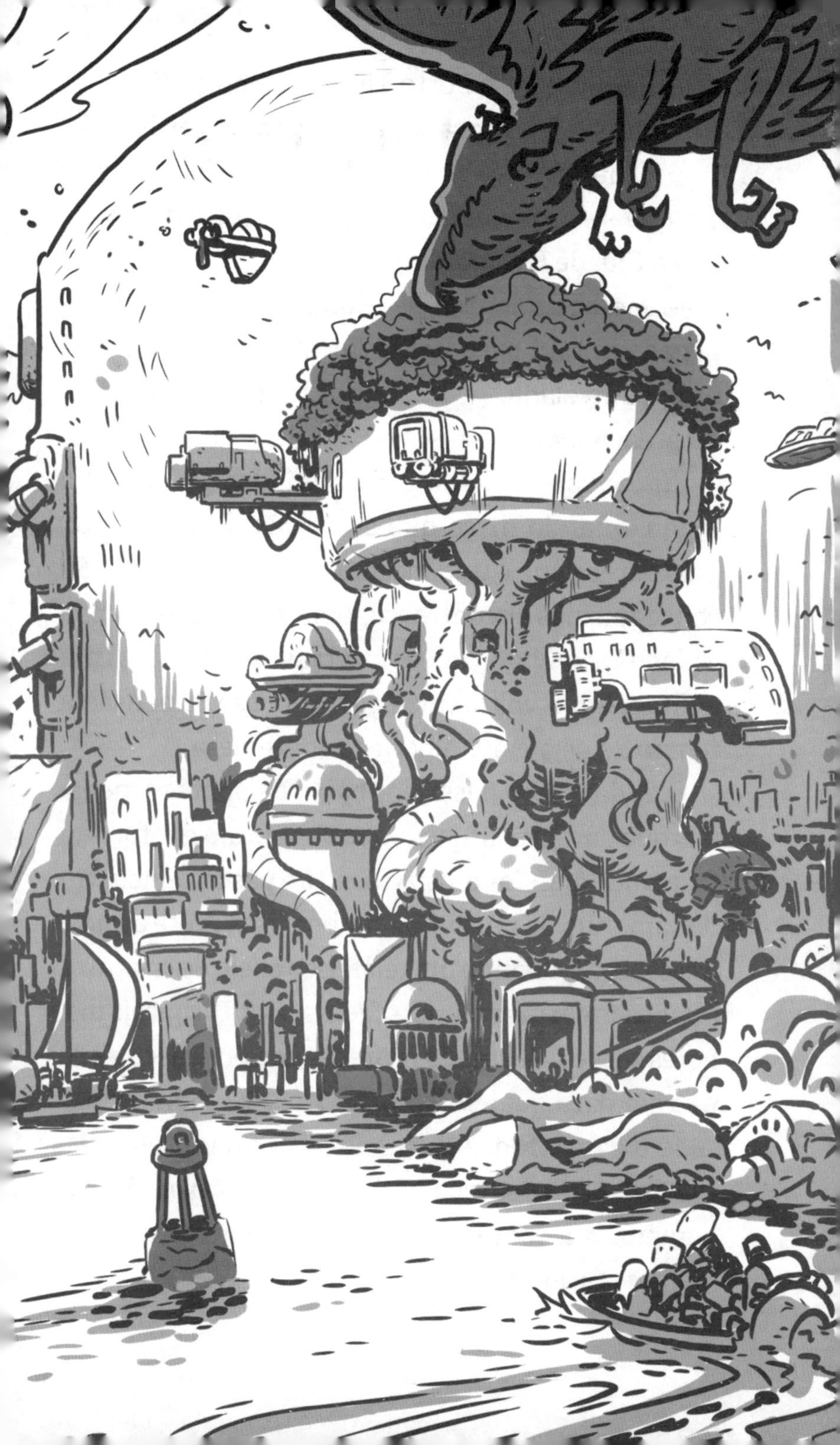

— Bem-vindos à Porto Tique — Globlet diz.

Quint se ajeita para se sentar, os olhos brilhando.

— Olha só pra isso — ele diz. — É o tipo de lugar em que se pode encontrar alguém que saiba onde fica a Cidade Escondida.

— Melhor que isso — Globlet diz. — Podemos pegar um táxi para nos levar até lá! — Ela me dá uma cotovelada. — Tá vendo, Jack? E você aí, todo preocupado.

Eu concordo, suspirando aliviado. Quint tinha razão, quando disse que as coisas dariam certo, pois parece que é isso mesmo que vai acontecer. Se conseguirmos encontrar alguém que nos leve até a Cidade Escondida, conseguiremos as respostas com a Shuggoth e voltaremos para a nossa dimensão a tempo de pegarmos a hora da sobremesa.

O Cadavrinho passa por baixo de pontes arqueadas que parecem línguas, que se dobram e retorcem formando ângulos esdrúxulos. Um pássaro-monstro do tamanho de um avião-jumbo passa rente às nossas cabeça, puxando um teleférico cheio de criaturas e parando em uma aterrissagem suave. Dirigíveis menores surgem de trás das paredes do porto, decolando não sei para qual destino. Contei mais umas doze sobe-d'águas, todas cuspindo navios na ampla baía.

Porto Tique parece um aeroporto projetado por alguém com febre de mais de quarenta graus, e o Quint está adorando.

— Jack — ele diz, batendo no meu ombro todo empolgado e de olhos arregalados. — Nós estamos... em outra dimensão!

Tenho dificuldade para assimilar essa nova atitude de explorador megaempolgado. Ele continua não demonstrando *nenhum* medo ou preocupação com nada disso. E, apesar do meu medo e preocupação *infinitos* com tudo isso, a empolgação dele está começando a me contaminar.

— Você tem razão, cara — eu digo, sorrindo. — Nenhum ser humano *nunca* fez algo parecido com isso antes.

— Nós somos tipo o Neil Armstrong e o Buzz Aldrin — Quint diz.

— E aquele outro cara — eu complemento. — Será que era o Tom Hanks? Acho que era o Tom Hanks.

— O outro cara bem que queria ser o Tom Hanks — Globlet diz. — E nem venha me falar de Neil Armstrong. Ele é aquele cara que ficou todo orgulhoso só porque deu um passinho de nada, né? Nós já demos *milhões* de passos, e vocês não estão me vendo me gabar por causa disso, estão?

Quint finge que não nos ouve, ele está ocupado demais olhando em volta, tentando absorver tudo.

— Que variedade impressionante de embarcações! — ele diz.

O líquido agitado transporta filas e filas impressionantes de barcos, botes e criaturas navais. Somos os únicos pilotando um monstro-defunto. Mas, ué, talvez isso seja bom, né? Poxa, nós devemos parecer muito assustadores. Fico pensando em todas aquelas vezes que eu cheguei no primeiro dia de aula em uma escola nova. Se eu tivesse chegado em cima de um monstro morto, provavelmente não teria sido tão zoado...

Mas quando todos os barcos começam a rumar para a mesma direção, aproximando-se do cais, vejo *muitas* criaturas de olho em nós, e nenhuma delas parece muito intimidada pela nossa embarcação. Acho que me enganei.

— Estamos chamando muita atenção aqui, pessoal — eu digo. — E, com o Serrote atrás de nós, é melhor ter um buraco na cabeça do que chamar a atenção.

EI! VOCÊ TEM ALGUM PROBLEMA COM QUEM TEM BURACOS NA CABEÇA?

A nossa tentativa de atracar só chama mais atenção. As outras embarcações baixam suas âncoras devagar, com todo o cuidado. Mas nós não. O nosso bote-cadáver furado entra todo atropelado no cais, com a sutileza e a graça de um rinoceronte mergulhando em uma piscina.

Somos arremessados para frente, caindo com tudo no chão.

Dou uma olhada no Cadavrinho, que está metade no cais e metade submerso. Precisamos partir, e rápido, para não chamar mais atenção.

Infelizmente, o Quint escorrega em uma meleca cadavérica, cai, se levanta e cai de novo.

— QUEM DEIXOU ISSO AQUI? — ele grita. — É UM VERDADEIRO RISCO À SEGURANÇA!

Ajudou muito, Quint, obrigado!

Globlet dá uma pancada no joelho de Quint enquanto tentamos avançar na direção da multidão de monstros à nossa frente.

— Ô, engraçadinho, baixa a bola! Você não pode ficar de boa, não?

Quint fica pensando.

— Eu teria que fazer um grande esforço — ele conclui. — E provavelmente não conseguiria.

Globlet bufa, como se fôssemos uma causa perdida. Passamos por uma barraquinha que vende óculos de sol, e Globlet pega três pares. Ela coloca um modelo com um tom sombreado, como se fosse muito descolada para aquela dimensão, e passa os outros para mim e para o Quint.

— Esses óculos têm seis lentes — eu digo.

— Os meus têm oito — Quint diz, todo alegre, como se fosse uma competição.

— Claro, esse é o objetivo — Globlet diz. — O Serrote está tentando encontrar você, Jack. Você e o Quint são os únicos humanos nesta dimensão. Então, vocês precisam parecer um pouco mais com os outros daqui e se misturar.

— Será que se *pagássemos* pelos óculos não seríamos mais discretos? — eu pergunto, mas antes de

Globlet conseguir responder, somos sugados para uma multidão que está saindo do terminal principal do porto, e Quint exibe sua habilidade impressionante de se misturar.

> E AÍ, AMIGOS MONSTROS! E ESSE TEMPO, HEIM?

Puxo o Quint para longe antes de sermos pisoteados pela multidão. Centenas de monstros deslizam, batem os pés e rastejam para cruzar as portas, que têm altura suficiente para deixar passar monstros da altura de casas.

— Podemos pegar um táxi para ir para lá — Globlet diz, apontando para frente.

Viramos uma esquina e meus óculos quase são arrancados da minha cabeça. Um fluxo sem fim de táxis passa rápido por nós, descendo uma rua tão cheia de voltas e curvas que deixa no chinelo a maioria das montanhas-russas. Os táxis são uma mistura de ferrões, caudas e cascos de fazer tremer o chão.

— Globlet, será que tem algum táxi aqui que não pareça que vai nos devorar? — eu pergunto. Mas ela não responde, porque já saiu correndo e logo desaparece no meio da multidão.

— Já volto! — ela grita.

Eu estranho. Ela deve ter visto alguma criatura vendendo removedor de chiclete bem barato.

— Não se preocupe — Quint diz, animado. — Vamos arranjar um táxi sozinhos e depois encontrar a Globlet. Ela vai ver que conseguimos nos fazer passar pelo melhor dos monstros!

Sem hesitar, Quint faz um gesto com o polegar na rua para chamar a atenção de um taxista. Muitos olhares estranhos. Será que fazer um gesto com o polegar é uma coisa muito obscena nesta dimensão? Eu não quero que um taxista brutamontes quebre, derreta ou exploda nossos polegares. Eu gosto dos meus polegares! E eu e a June temos uma brincadeira de guerra de dedão que nunca acaba, e estamos empatados em 247 a 247. Se eu voltar para casa com o dedão derretido, acabaram-se as minhas chances de ganhar a guerra.

Olho em volta e vejo o táxi mais bizarro de todos. Tem metade de uma *mão* estacionada na calçada. Parece que o Mãozinha, da Família Adams, foi transformado por um raio gigante.

Eu procuro o motorista, mas só vejo dois pés cor-de-rosa bem pequenos saindo debaixo daquela coisa...

Ela está debaixo do táxi, como um mecânico consertando uma lata-velha. Mas isso aqui é uma *criatura viva*. O que ela está fazendo? Reconectando os intestinos-dedos? Mexendo no cérebro-palma?

Com a cabeça girando, eu me abaixo, pego-a pelos seus tornozelinhos cor-de-rosa e a puxo lá de baixo. Eu meio que fico esperando vê-la coberta de graxa, mas nada disso. Só vejo um monte de farelo e alguns papéis de bala vazios.

— Ah, oi, Jack. Tá tudo bem aí?

— Nós deveríamos estar tentando encontrar alguém para nos levar à Cidade Escondida! — eu digo, tentando ficar calmo. — Não temos tempo para balbúrdia.

Eu acabei de dizer *balbúrdia*. Eu nunca falei *balbúrdia na vida*. Tá vendo? Essa aventura está fritando o meu cérebro!

— Silêncio! — Globlet diz. — Você quer chamar a atenção dos guardas?

— CALMA AÍ! Globlet, você está *roubando* esse táxi?

— Ei, você não me ouviu? Eu disse que precisávamos *pegar* um táxi aqui. O que você achou que eu ia fazer?

— Globlet! — eu digo. — Você *não pode* roubar um táxi!

— Não, eu posso sim. É o que eu estou fazendo agora mesmo — Globlet diz. — Por que vocês estão sendo tão bobos? Vocês querem salvar a dimensão de vocês ou não? Eu não acho que a resposta seja "não", então vou roubar este táxi. Só preciso fazê-lo gostar de nós. Então estou dando uns docinhos para ele comer.

— Mas... — eu começo.

— Não se sinta mal por isso — Globlet diz. Ela aponta na direção de um monstro todo desgrenhado, dormindo em uma mesa coberta de retalhos de carne. — Esse táxi está morrendo de fome, porque o motorista dele desmaiou em um coma alimentar.

— Mas você nem sabe chegar aonde precisamos ir! — eu digo.

Globlet suspira.

— Gente, ela tem GPS. Vamos! Agora, façam alguma coisa de útil e fiquem de olho.

Depois de alguns minutos vigiando o local, onde a maioria dos olhares se dirigem a nós, sussurro para a Globlet:

— Como está a situação por aí? Como estamos?

Ela põe a cabeça para fora.

— Vocês estão parecendo uns idiotas — ela diz, e desliza de volta para baixo do táxi.

E, então, ouvimos uma voz gutural e molhada dizendo:

— Isso aqui é de vocês?

A multidão se afasta, mostrando uma monstra alta e magricela, toda angulosa. Ela está vestindo um uniforme que brilha com a luz, como se fosse feito de couro de unicórnio. Vejo um cinto de apetrechos bastante intimidador em volta da cintura da monstra, em que cada bolsa é uma boca cheia de dentes. De uma delas, vejo saliva escorrer.

*Droga*, eu penso. *Deve ser um dos guardas dos quais a Globlet falou. Ela quer saber se o táxi é nosso. E não é!*

A guarda ergue um braço comprido e aponta em direção ao cais, onde o nosso bote-cadáver murcho está deslizando devagar na água.

Ah, o nosso bote. Ufa! Bem melhor do que sermos pegos em flagrante por roubar um veículo monstrengo. A menos que usar um monstro-defunto como bote e abandoná-lo em um local de tráfego intenso seja considerado *pior*. Agora, pensando bem, a situação parece muito mais abominável.

Eu olho de canto de olho para o Quint. Precisamos manter essa guarda ocupada enquanto a Globlet termina de dar comida para o táxi. Então, eu me esforço ao máximo para acalmar a situação, contando uma tremenda de uma mentira:

— Era o nosso melhor amigo — eu digo —, e estamos muito abalados com o que aconteceu com ele.

— *Aquilo* era o melhor amigo de vocês? — a guarda pergunta. Nós todos nos viramos para ver um líquido borbulhar enquanto o nosso bote-cadáver, quer dizer, o nosso melhor amigo, desliza devagar pela doca, cai na água e afunda.

— O próprio — eu digo baixinho.

— Ele morreu como gostava de viver — Quint diz. — Molhado.

A guarda fica nos encarando, tentando entender se estamos tentando enganá-la. Ao que parece, ela está bastante convencida disso, porque, de repente, seus olhos lançam raios azuis e vermelhos que descem pelos nossos corpos.

Eu estremeço, achando que seremos desintegrados ou derretidos. Mas, por sorte, não são raios mortais.

**NÃO SE MOVAM.**

**INICIANDO VERIFICAÇÃO DE IDENTIDADE.**

As luzes finalmente apagam, e a guarda diz secamente:

— Verificação concluída. Iniciando pesquisa no banco de dados. Analisando... Processando...

Eu engulo em seco. Ela vai descobrir que não somos desta dimensão. Não sei exatamente se isso é tão ruim. Mas se a notícia se espalhar, não vai ser difícil para o Serrote nos encontrar.

E, então, a Globlet surge debaixo do táxi.

— Tudo pronto, meninos! Esse garotão aqui, que eu chamei de Biscoitinho, é todo nosso! Então vamos...

Globlet congela ao notar a presença da guarda.

Por sua vez, a guarda vê a Globlet e não acha necessário verificar sua identidade. Ela é reconhecida imediatamente. E tenho a impressão de que elas não são boas e velhas amigas.

— Starbust M. Globlet... — a guarda diz —, faz um bom tempo que estou procurando por você.

Globlet olha para a guarda e então...

VOCÊ NUNCA VAI ME CAPTURAR VIVA!

# Capítulo Onze

A guarda começa a dar um passo à frente, mas seu corpo sacode em um tique nervoso. Ela ainda está analisando o Quint e eu, só que não parece ser muito boa em fazer duas coisas ao mesmo tempo. Eu entendo. Nunca consegui fazer aquela coisa de "dar tapinhas na cabeça e esfregar a barriga ao mesmo tempo", e realizar uma verificação de identidade durante uma tentativa de capturar a Globlet parece ainda mais difícil.

Lembrando todos aqueles filmes de faroeste que o Dirk nos obrigou a assistir na casa da árvore, improviso um sotaque caipira, finjo tirar um chapéu que não existe e me afasto devagar.

— Foi um prazer, senhorita, mas tá na hora de nóis picá a mula.

E é nessa hora que a verificação de identidade é concluída. O corpo dela estremece todinho, como um sinal de alerta. E então seus olhos piscam e...

A guarda berra:

— ATIVAR LASER NO MODO PARALISIA...

Ah, paralisia? Tranquilo. Achei que ela diria algo como "modo incinerador" ou coisa parecida.

> **ALERTA! CRIATURAS EXTRADIMENSIONAIS DETECTADAS! GUARDAS, ATACAR!**

— PARALISIA E DOR AGONIZANTE.

Ah. Droga.

— É para fugir, e não ficar parado feito estátuas! — Globlet grita, enfiando a cara na porta aberta do táxi. — Vamos logo!

Quint sobe pelos dedos compridos do táxi e eu subo atrás dele. Aqueles dedos estão precisando com urgência de uma hidratação, e nós usamos a pele ressecada como escada. Finco o pé em um calo do tamanho de uma bola de basquete, uso uma junta como suporte para me apoiar e consigo entrar.

Eu espero ver a Globlet acionando chaves, ligando motores, checando coordenadas, mas nada disso está acontecendo. Ela está sentada, bem tranquila, no assento do meio, tomando um drink do tamanho de uma bola.

Eu tenho *muitas* perguntas para fazer a ela, sendo que a maioria é uma variação de "POR QUE VOCÊ ESTÁ SENDO PROCURADA PELA POLÍCIA MONSTRUOSA?". Mas, por algum motivo, a pergunta que surge na minha cabeça é...

> Onde você arranjou esse refrigerante?

> Já tava no carro.

> Tem sabor de cereja e otimismo!

De repente, o Biscoitinho se levanta e tudo chacoalha. Eu sou lançado contra um apoio de braço, depois capoto por cima de um porta-copos e, quando finalmente consigo me erguer, estou sentado no banco do motorista. A coisa toda parece feita de carne.

— Ah, que bom, eu estava torcendo para você querer dirigir — Globlet diz, pulando para o banco da frente. — Meus pezinhos não alcançam os pedais.

Na verdade, não, eu não quero dirigir, mas vejo os raios brilhantes saindo dos olhos da guarda e vindo na direção da cabine. Um trio de guardas está à nossa frente na rua, marchando na nossa direção. Fica bem claro que eu não tenho escolha.

— Dirigir... certo, vamos lá — eu digo, procurando a ignição, um botão ou *qualquer coisa*. — E eu faço isso... como?

— Você faz... com vontade! — Globlet diz.

A Globlet agarra um pedaço comprido de osso que atravessa o piso da cabine. Percebo que aquilo é um câmbio quando a Globlet empurra para frente. Ouve-se um barulho de algo sendo esmagado e, então, o Biscoitinho cambaleia para frente, chacoalhando e disparando para *dentro* do terminal.

— Direção errada! — eu grito. — Isso é uma fuga, o que significa que nós deveríamos estar *fugindo!*

— Fantástico! — Quint observa. — Eu bem que queria conhecer o terminal por dentro durante a nossa visita.

— ISSO NÃO É UMA VISITA! — eu grito, sacudindo o volante desesperadamente para frente e para trás, tentando (sem sucesso) não bater em nada.

O Biscoitinho passa galopando pelas plataformas de desembarque, por montes de destroços e por infinitas lojas, barracas e empórios.

— Olha, o Palácio Rosa — Globlet diz, apontando. — Esse lugar vende os melhores sandubas.

— Deveríamos fazer uma parada para pegar alguns — Quint diz.

— Se vocês não começarem a levar as coisas a sério, EU VOU PARAR ESSE CARRO! — eu berro. — Pior que não vou, porque não sei parar essa coisa e porque estamos sendo perseguidos por um exército de policiais monstrengos. Mas é isso... MAIS SERIEDADE.

> Nossa, alguém acordou com o pé esquerdo.

> EU ACORDEI EM OUTRA DIMENSÃO! EM UM RIO! DEPOIS DE UM MONSTRO QUASE TER ARRANCADO A MINHA CABEÇA TENTANDO ME MATAR!

Globlet olha para o Quint, e os dois riem. Eu quero estrangular os dois. De repente, eu me sinto culpado por todas as vezes que fiz bagunça no banco do passageiro no carro de um pai ou uma mãe cansados, que me davam carona para casa depois da escola.

O Biscoitinho faz uma curva cantando os pneus, desviando e entrando em um corredor largo.

— Uma saída! — eu digo, apontando para uma saída imensa em forma de arco à nossa frente. Já consigo enxergar a luz do dia.

Mas boa parte daquela luz do dia desaparece quando os guardas começam a bloquear a abertura. Primeiro, são três ou quatro e, em seguida, chega mais uma dúzia de monstros de olhos brilhantes. Eles estão montados em criaturas horrendas, uma mistura de motores e músculos.

Os guardas e suas criaturas se aproximam, formando um bloqueio. E nós estamos indo de encontro a eles a toda velocidade.

Um guarda joga uma criatura parecida com uma cobra no caminho à nossa frente. Ao longo de todo o seu corpo, as escamas se erguem e se transformam em espinhos, que vão furar os pés-dedos do Biscoitinho se passarmos por cima.

Olho em volta para procurar outra saída.

— Segue em frente, cara! — Globlet diz, apertando o câmbio e arremessando o Biscoitinho para frente a uma velocidade de trem de carga em fuga. Enquanto isso, Quint está simplesmente olhando pela janela, fascinado.

— Olha! — ele exclama, batendo no vidro. — Um belo dispositivo de marcação do tempo!

O guarda para à frente e ao centro do bloqueio com um ar de extrema confiança. Mas vejo que aquela confiança toda começa a diminuir quando o Biscoitinho continua avançando a toda velocidade, fincando seus dedos no chão como britadeiras, a ponto de rachá-lo.

— Eles não estão parando! — um guarda grita.

Eu beijo a ponta dos meus dedos e encosto no teto. Vi isso uma vez em um filme e achei muito maneiro. Além disso, quando vou conseguir dirigir um táxi em forma de mão, e ainda por cima roubado, outra vez? Espero que nunca.

Eu fecho meus olhos e me preparo para a colisão. Mas não sinto nenhum impacto, só o meu estômago revirar. Abro os olhos e vejo...

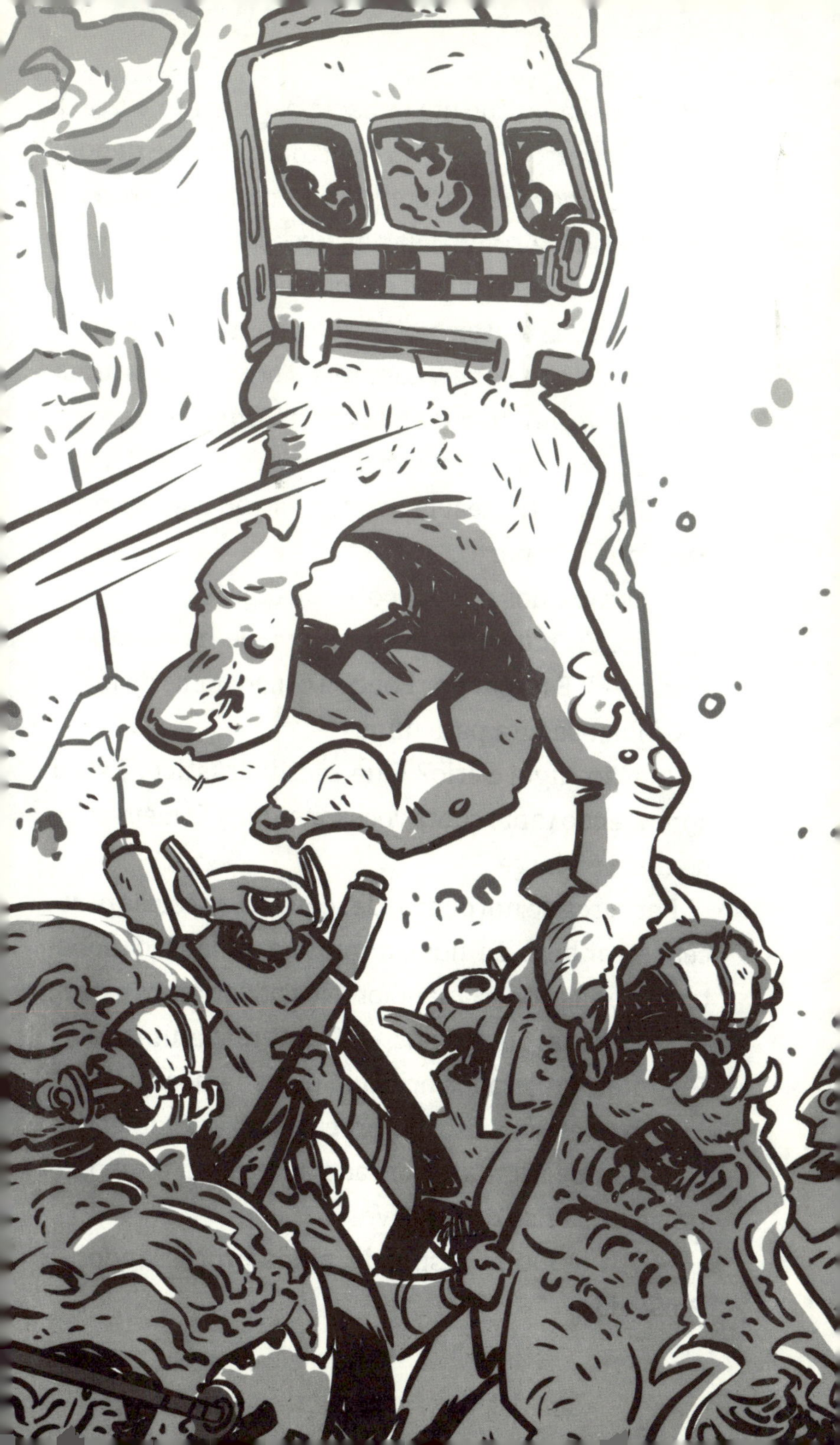

Caímos causando um impacto barulhento, e o táxi sacode inteiro. Chegamos perto do chão e depois quicamos para cima, como uma mola, quando os dedos do Biscoitinho dobram. Assustado, eu me viro e vejo que atravessamos o bloqueio.

Os guardas tentam nos seguir, mas são impedidos pelo próprio bloqueio, com todas aquelas criaturas juntas num empurra-empurra sem fim. Eles descem dos carros e começam a gritar uns com os outros.

O Biscoitinho desvia e cai na estrada, galopando para longe do porto.

— Escapamos por pouco! — eu digo, soltando um suspiro. Eu me permito curtir aquele momento de glória. — E Escapar Por Pouco é o meu nome do meio.

Globlet se vira para mim.

— Não diga! Sério? Que incriveltástico. Estou aprendendo tanto sobre vocês, meninos. O meu nome do meio é Marge.

Por cerca de um quarto de segundo, as coisas parecem estar bem. Tá, nós estamos na dimensão monstruosa, mas poderia ser pior! Nós poderíamos estar...

— Ei, olha! Somos nós! — Quint fala animado. — Gigantes, projetados no céu. Somos famosos!

— Nós estamos sendo procurados — Globlet diz, parecendo irritada e honrada ao mesmo tempo. — Isso é um aviso de fugitivos.

— Ah — Quint responde, ainda processando. — Poxa vida.

Engulo em seco. Sim, é ainda pior. Estamos sendo procurados pelo Serrote, pela Debra-Lâmpada e por todas as outras criaturas da dimensão monstruosa.

# Capítulo Doze

Acabamos de conseguir fugir da polícia da dimensão monstruosa, foi épico. Teve um gostinho de vitória, mas foi só por um momento.

Além de ter o Serrote e os capangas dele na nossa cola, agora os guardas estão oferecendo um prêmio para quem nos capturar. Toda a *dimensão* está nos caçando. Mas isso não parece ser nada novo para a nossa amiguinha cor-de-rosa.

— Globlet, você é uma CRIMINOSA de verdade nesta dimensão? — eu pergunto, mas, pra falar a verdade, eu só estou 81% chocado com essa informação.

— Eu não sou uma criminosa DE VERDADE! — ela diz. — Eu sou uma criminosa de brincadeirinha. Eu roubo dos ricos para dar...

— Para os pobres? — eu pergunto, cheio de esperança.

— Não. Pra dar pros ricos mesmo. Ninguém entende nada!

— A sua ficha criminal era bem longa — Quint observa, e começa a recitar tudo o que recordava haver na lista de PROCURADA da Globlet.

# PROCURADA! MANDANTE DE CRIMES DIABÓLICOS

- ✘ Roubar identidade do Sem-Nome
- ✘ Cortar a grama de um jardim público sem autorização prévia
- ✘ Vender barcos-pirata pirateados
- ✘ Usar a pipa de uma criança como veículo de fuga
- ✘ Roubar no Banco Imobiliário (edição Ṛeżżőch)
- ✘ Recusar-se a pedir desculpas depois de roubar no Banco Imobiliário (todas as edições)
- ✘ Roubo ousado à luz do dia nas terras da Escuridão Infinita
- ✘ Atuar como DJ sem ter licença
- ✘ Raspar uma raspadinha sem pagar
- ✘ Alegar, sem provas, ter inventado a palavra *balacobaco*
- ✘ Atribuir-se a falsa identidade de advogado do interior com um coração de ouro
- ✘ Apitar em uma sala lotada
- ✘ Estragar 219 festas-surpresa
- ✘ Planejar e organizar o roubo a uma joalheria e perder o horário do roubo no Dia D

Por mais fascinante que seja o histórico criminal da Globlet, precisamos nos concentrar no que importa de verdade: Shuggoth e a Cidade Escondida.

Globlet pega o GPS do táxi, que na verdade é um cérebro dentro de um pote, e gira um botão. Um mapa começa a aparecer no para-brisas como um vidro embaçando em um dia frio. Palavras começam a piscar na tela, e Globlet bufa. "Cidade Escondida não encontrada", o mapa informa antes de desaparecer.

Antes de eu conseguir reagir a mais esse obstáculo, ouço um barulho alto de algo elétrico, e Quint solta um grito.

Eu me viro. No banco de trás, Quint está sacudindo a mão e assoprando.

— Tá tudo bem! — ele diz. — Foi só um choquinho.

Ele está segurando alguma coisa, que está toda despedaçada em seu colo, e tentando consertar. Essas tentativas de conserto do Quint não são uma novidade, mas sinto uma dor no coração quando percebo o que é: o canhão do seu conjurador. O canhão do Quint é uma arma potente, que o faz ficar com habilidades mágicas. Com ele, Quint consegue dominar a ciência da dimensão monstruosa, o que, para nós, parece a mais pura magia.

— O que aconteceu? — pergunto, de olho na arma desmontada. Ele leva um bom tempo para responder.

> Quebrou quando passamos pela fenda.

— Tecnicamente — Globlet começa a falar, mas Quint olha para ela de cara feia, e Globlet fecha a boca.

Quint deve estar muito chateado por conta do canhão quebrado ou, no mínimo, com vergonha.

— Ah, não tem problema. Eu deixei o Fatiador cair quando o tentáculo me segurou — eu digo. — Nós viemos para outra dimensão e deixamos cair as nossas armas. Somos verdadeiros heróis, né?

— O canhão vai voltar a funcionar — Quint diz, confiante.

Espero que ele tenha razão. É óbvio que precisaremos de toda a ajuda que pudermos ter para chegar à Cidade Escondida. Isso *se* conseguirmos encontrar esse lugar. O que, sem um GPS, parece quase impossível. Não dá simplesmente para encostar o carro e perguntar para onde ir. Sabe, né, somos criminosos procurados.

— CONSEGUI! — Globlet diz.

Oi? Eu me viro e vejo a Globlet pendurada no painel, roendo o cérebro GPS com os próprios dentes. O cérebro fica girando no pote, mudando de cor, e o mapa aparece de novo no para-brisas. Dessa vez, aparece um símbolo maior, que fica piscando no canto superior direito.

— Aí está — Globlet diz, tocando no vidro. — A Cidade Escondida.

— Mas... como...?

— O nome Globlet, a gatinha da gambiarra, não é à toa. É preciso burlar um GPS ou outro para honrar esse título — Globlet diz, atravessando o painel toda orgulhosa e exibida. — Mas o caminho não vai ser fácil...

Ela começa a apontar para outros símbolos no mapa, enumerando os diversos obstáculos que provavelmente encontraremos.

— Poço da morte. Poço de cobras. Poço de pessegueiro. Ravina do defunto. Deserto das 87 crateras. Travessia do Rio Bizarro. E o pior de todos é este trecho aqui — ela diz: — Uma viagem com um dia de duração, e *sem banheiro*.

— E o que nós estamos esperando? — Quint pergunta, inclinando-se à frente e fazendo um joinha duplo para mim.

Então, tá. O caminho é perigoso, mas sabemos para onde estamos indo, e isso já parece bom.

— É só passar pulando por aquele Portal Mágico ali, e a festa pode começar — Globlet diz, apontando para uma estrada que mal dá para ver, atrás de um gradil brilhante e cheio de pelos.

Eu engato a marcha, e o Biscoitinho recua, empinando-se em dois dedos, como se uma barata tivesse acabado de passar correndo por ele.

Globlet resmunga.

— Eu disse *pulando*, Jack. PULANDO.

Eu reviro os olhos tão para cima que consigo sentir um arranhão nas minhas órbitas oculares.

— Achei que aqui fosse a dimensão monstruosa, e não a dimensão *ao pé da letra* — eu resmungo, puxando a marcha de ossos para cima e empurrando para frente em um único movimento atrapalhado.

— Bom garoto! — Globlet grita quando o Biscoitinho se lança à frente, parecendo um gato tentando pegar o pontinho de luz vermelha de uma caneta laser. Biscoitinho salta sobre o gradil e, por sorte, acerta em cheio, porque...

Globlet! Isso aqui é uma autoestrada superveloz com dezenove pistas!

Ótimo! Vamos chegar rápido.

É uma corrida maluca aquilo que está acontecendo na dimensão monstruosa. Passamos por estradas que parecem canos cortados ao meio, cheias de curvas radicais, espirais e quedas. Rampas de saída surgem do nada, arremessando-nos em caminhos novos e imprevisíveis.

Nas primeiras horas, não sei nem se estou respirando. Fico muito ocupado tentando desviar de bandos de caveiras motoqueiras empinando suas motos na estrada, escapando de criaturas-táxi nervosas e me esforçando para não sermos esmagados por caminhões-centopeias do tamanho de navios de cruzeiro.

Para piorar ainda mais as coisas, a Globlet é a copilota mais falastrona do mundo. Ela encontrou uma velha revista chamada *Monstros* no porta-luvas e agora está afundada no banco, com os pés no painel, resmungando que o prêmio de "O homem mais lambento do mundo" tinha sido uma fraude. De vez em quando, ela olha para cima e diz:

— Jack, você perdeu a saída. De novo.

Eu acabo perdendo a cabeça.

— Globlet — eu digo, cerrando os dentes —, eu nunca dirigi um táxi-mão. Eu nunca dirigi nesta dimensão. E eu, *definitivamente*, nunca dirigi um táxi-mão nesta dimensão. Na verdade, eu tenho treze anos, eu não deveria dirigir em lugar nenhum!

— Nossa, como você é velho. QUE HORROR — ela diz, e aponta. — Pegue a saída 10.901,121 e meio! Ao lado desse dentão gigante engraçado na beira da estrada. Não o dente de tamanho normal, O GIGANTE.

— Aquela saída parece um buraco no chão! — eu protesto, enquanto empurro o volante, atravessando treze pistas, ultrapassando um enxame de carros minúsculos e, por fim, quase deixando o meu almoço fugir pela garganta quando despencamos buraco abaixo. Somos cuspidos em uma região completamente nova deste mundo. Tudo é metálico e brilhante, como se uma bomba nuclear de glitter tivesse explodido e ninguém tivesse se dado ao trabalho de limpar.

— O que é *aquilo* ali? — Quint pergunta, animado. Olho para fora da janela e vejo um monstro parecido com uma barata deitado de lado e tapando o sol com as asas. Dezenas de criaturas menores fazem refeições debaixo da sombra projetada por ele. Garçons andam para lá e para cá de patins. A barata boceja.

— Café da manhã — Globlet diz, dando de ombros.

— Que incrível... — Quint murmura. Ele presta atenção em cada palavra da Globlet, e ela está mordendo a isca. Em pouco tempo, ela já entra em modo guia turístico, como uma professora de história superempolgada acompanhando a turma em uma visita a um museu.

> E, à direita, vocês verão o primeiro lugar em que eu enterrei um corpo. Quer dizer, um tesouro. O primeiro lugar em que eu enterrei um tesouro.

Atrás de mim, o Quint está paralisado, em êxtase. Eu estou decidido a não me deixar impressionar por esse mundo enlouquecedor, então firmo as mãos no volante e mantenho o olhar fixo na estrada. Se quisermos chegar aonde Shuggoth está, não posso me distrair por essa infinidade de lugares bizarros, pontos turísticos estranhos e *outdoors* gigantescos.

Mas, falando nisso, os *outdoors* acabam virando um problemão, porque não percebo que, na verdade, eles estão vivos e...

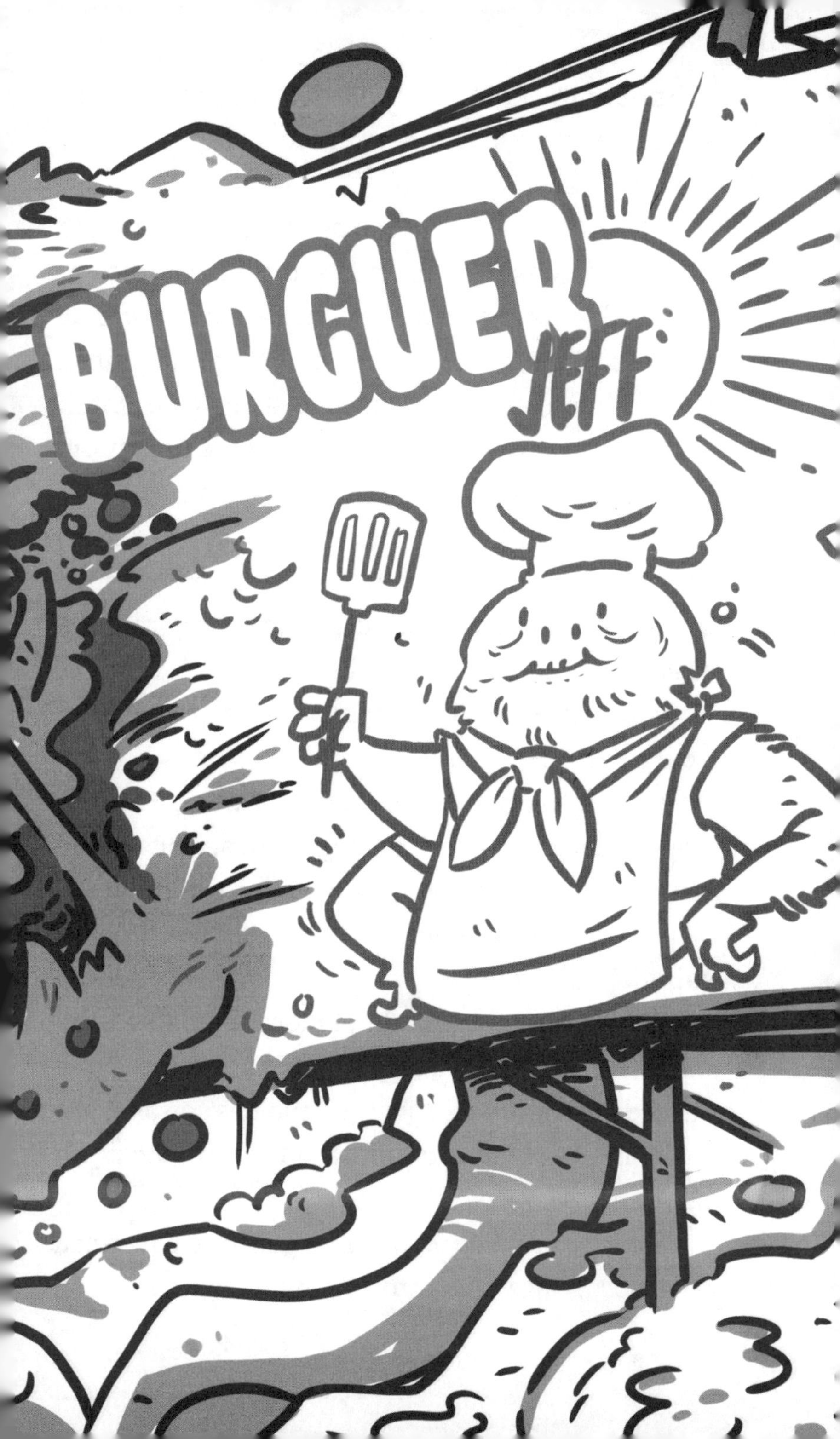
BURGUER
JEFF

Enquanto fugimos do *outdoor* faminto, Quint solta o ar, depois de ter segurado a respiração por um bom tempo.

— E foi assim que o nosso *primeiro* passeio nesta dimensão quase virou o nosso *último* passeio.

As palavras *último passeio* me fazem lembrar de que isso aqui é, praticamente, o nosso grande final. Uma última aventura, eu e meu melhor amigo juntos. E se for isso mesmo... talvez eu deva me esforçar um pouquinho mais para "curtir" junto com ele.

— OPA, OPA, OPA! — Globlet exclama. — Olha o Bar da Connie bem ali na frente! Uma vez, eu tomei um porre de bile de cereja ali! Precisamos parar para tirar uma foto!

Globlet enfia a mão *dentro* da barriga, remexe um pouco e tira...

— Ei! — eu digo. — Essa câmera é minha!

— Dããăr, claro que é. Eu peguei do seu quarto no Maiorlusco. Eu sempre pegava emprestada lá em Wakefield, antes de vocês me *abandonarem* para sair viajando por aí.

Globlet toca na tela da câmera e mostra uma pasta secreta. Ela passa por dezenas de fotos que tirou de nós naquela época, quando as coisas eram mais simples. Bom, tão simples quanto o apocalipse pode ser.

*Globlet, a bandida do flash*, eu penso ao pararmos para posar para uma foto.

Se dependesse de mim, pararíamos apenas em casos de emergência. E deveria depender de mim, já que sou eu que estou dirigindo esse carro cheio de dedos, mas não é bem assim que as coisas funcionam. Foi a Globlet que libertou o Biscoitinho, então eles agora viraram superamiguinhos. Ela só precisa jogar uma comida qualquer no chão e deixar pular para dentro da "boca" do Biscoitinho que ela consegue fazer a parada que quiser.

O que significa que estamos fazendo *muitas* paradas. O Quint não consegue ficar trinta segundos sem ver alguma estação de serviço bisonha que ele quer conhecer ou alguma atração de beira de estrada onde ele *precisa* comprar alguma lembrancinha. E eu não reclamo tanto quanto deveria, porque é tudo muito incrível. Uma aventura interdimensional transforma até a mais comum das paradas em excursões de tirar o fôlego. Tipo...

## Parada para esticar as canelas...
# NA DIMENSÃO MONSTRUOSA!

# Abastecer o carro...
# NA DIMENSÃO MONSTRUOSA!

**GLUG GLUG GLUG GLUG**

Ela NÃO gosta de ser tratada como uma bomba de gasolina!

Quanto mais dirigimos, mais vejo monstros nos olhando desconfiados. E, então, a ficha cai: não estamos vendo nenhum outro táxi-mão monstruoso. Se somos os únicos, não vai ser difícil para o Serrote ou para os guardas nos encontrarem. Por sorte, a Globlet conhece um cara, que conhece outro cara, que pode deixar qualquer veículo irreconhecível.

TCHARAN! Um efeito de chamas muito maneiro!

Poxa, agora assim vamos passar despercebidos.

Acho que, *isso sim*, é uma parada que vale a pena fazer. Só que eu estou errado...

Afastando-nos da Parada do Paco e do Rancho do Refugo, entramos em um trecho longo da estrada que é pura desgraça. As carcaças em decomposição de veículos monstruosos entulhadas na estrada me fazem lembrar dos carros abandonados em Nova Iorque. Os prédios estão meio derretidos, como bolas de sorvete em um dia quente. Eles gritam ao nos verem passar e me lembro do que a Skaelka me falou: muitas das construções neste mundo têm vida.

— Essa não... — Globlet diz baixinho —, quando o Ṛeżżőcħ despertou, ele ferrou com o meu mundo todinho...

Ela fica olhando em silêncio por um bom tempo e então se deita no banco. Ela coloca a máscara de dormir, mas desconfio que não seja para tirar uma soneca. Ela só não consegue mais olhar para aquilo.

Nunca parei para pensar no que aconteceu nesta dimensão quando o Ṛeżżőcħ acordou. Sei que muitos monstros foram arrancados deste mundo e foram parar na nossa dimensão, mas agora eu percebo que o Ṛeżżőcħ causou uma baita destruição por aqui.

Agora, lá na nossa dimensão, praticamente todos os seres humanos vivos estão presos dentro de uma bolha. E talvez os meus amigos estejam seguros, mas não tenho certeza. Só me resta ter esperança. E o Pelotão Valentão? Bom, a última vez que os vi, o Dave estava pendurado no Serrote e a Peaches e o Canhão Johnson estavam... bom, espero que não tenham sido atingidos pelo mesmo disparo que me jogou para fora do Mamupe.

Todo esse terror e sofrimento foi causado pelo Ṛeżżőcħ e seus capangas do mal.

Nós *temos* que derrotar o Ṛeżżőcħ antes que seus capangas machuquem mais alguém. Nós *temos* que detê-lo antes que ele chegue ao nosso mundo e destrua tudo.

Eu cerro os dentes e forço a marcha-ossuda, acelerando o Biscoitinho para chegarmos logo à Cidade Escondida...

# Capítulo Treze

Quando ouço o som pela primeira vez, acho que é só um zumbido no meu ouvido, que ganhei depois que o Quint tentou ensinar a Globlet a jogar bate-bate, pois ela teve certa dificuldade para entender a brincadeira...

Mas o zumbido vai virando uma cacofonia durante a nossa viagem, e percebo que é algo muito pior do que o tapa na cara que levei da Globlet.

— Vesparasitas — eu resmungo.

A estrada faz uma curva e, de repente, nos aproximamos de centenas de veículos parados, um congestionamento monstruoso.

Eu puxo a marcha-ossuda, e o Biscoitinho trava, parando tão rápido que a Globlet sai voando do assento e é esmagada contra o vidro, fazendo um som de meleca, e fica agarrada ali como se fosse uma mão suada, depois pula para o painel.

— Globlet, pega o volante — eu digo, enquanto ela se levanta, ainda com os olhos girando feito um personagem de desenho animado.

— Pode deixar! — ela diz, pulando para o meu lugar.

Eu tomo o volante da mão dela e coloco de volta no lugar, me levanto no assento e coloco a cabeça para fora do teto aberto. Ao olhar para fora, vejo caminhões parecidos com lagartas mutantes gigantes e caravanas de carapaças vazias, nenhuma delas se mexe. E, então, eu vejo o porquê.

— Debra-Lâmpada... — eu digo.
Quint aperta os olhos.
— Incrivelmente terrível — ele observa.
Eu concordo, mordendo os lábios ao ver Debra-Lâmpada e a gangue de vesparasitas vasculhando

todos os veículos que passam pelo bloqueio que eles fizeram na estrada.

Debra-Lâmpada grita, dando uma ordem. Não dá pra ouvir direito, mas escuto alguma coisa sobre *o garoto e a mão*.

— Como eles sabiam que estávamos vindo pra cá? — eu pergunto, já ficando nervoso. Tento não pirar por frustração ou medo.

Sem jeito, Globlet tira um pedaço de gosma da perna dela.

— Ops, isso pode ter sido uma gafe da Globlet.

As vesparasitas sobrevoam fazendo um barulho baixinho, examinando todos os veículos. Alguns exigem o olhar mais atento da Debra-Lâmpada. E, ao vê-la partir outro carro ao meio para interrogar os ocupantes, tomo a minha decisão.

— Precisamos sair desta estrada — eu digo, girando o volante. — Vamos esperar até anoitecer. Se tivermos sorte, conseguiremos passar despercebidos por eles.

---

Pouco depois, estou conduzindo o Biscoitinho por um campo de grama peluda da altura de uma cesta de basquete. Torço para que seja alta o suficiente para nos manter escondidos, caso a Debra-Lâmpada decida passar sobrevoando por aqui.

Biscoitinho fica feliz por poder descansar os dedos e decide relaxar, se jogando em cima de um morrinho. Ele deve pegar no sono rápido, porque não demora nada para o táxi começar a balançar devagar.

A Globlet está praticamente vagando na terra dos sonhos, ela tira um protetor de dentes da barriga, algo que me deixa muito curioso, e se aconchega. Em pouco tempo, bolhas de baba começam a cair da sua boca.

Eu quero ficar acordado, porque nunca se sabe quando a próxima ameaça bizarra pode aparecer querendo rachar o nosso cérebro, mas sinto o sono chegar daquele jeito que não dá para controlar.

No banco de trás, Quint não para de fuçar no canhão do conjurador, e o barulho daquilo é curiosamente relaxante. Estou quase pegando no sono quando ouço Quint sussurrar:

— Ei, Jack, adivinha? Nós estamos fazendo uma festa do pijama em outra dimensão.

Eu pisco e abro os olhos, sorrindo.

— Pode crer. Cara, nossa vida ficou bem esquisita, né?

— Certamente, meu amigo.

No fim do mundo, durante um apocalipse zumbi, você acaba puxando um ronco em vários lugares estranhos: lixões, salas de aula, shoppings. É como uma sequência infinita de festas do pijama malucas. Mas a minha preferida foi na noite em que eu e o Quint nos reencontramos, quarenta e três dias depois de o Apocalipse dos Monstros começar.

Nós fizemos *marshmallows* e ficamos acordados até as duas da manhã jogando Mario Kart, rindo e conversando sobre tudo e sobre nada.

Foi a minha noite preferida, porque ainda parecia que ia ficar tudo bem.

Mas, agora, parece que nada vai ficar bem. Aquela coisa misteriosa que eu vi quando passei pela fenda grudou na minha cabeça, me encheu de dúvidas que, antes, eu não tinha. E a última coisa que vi antes de sair da nossa dimensão foi a Torre se acendendo. O que vi pela fenda foi horrível, mas não sei o que significa. Mas eu sei muito bem o que a Torre acesa significa: que estamos nos aproximando do fim...

Apesar de tudo isso, o Quint consegue ficar mais otimista do que nunca.

E se este for o nosso último momento, a última aventura antes do fim, eu vou dar o meu melhor para acompanhá-lo.

— Que droga que o seu canhão quebrou.

Quint solta uma risada rápida.

— Tudo bem. Afinal, às vezes, as coisas precisam quebrar para poder melhorar.

Eu olho para o meu braço, para a Mão Cósmica, que, de muitas formas, parece ter me *quebrado*. Aquilo continua sendo assustador, mas talvez o Quint tenha razão...

— Se o mundo não tivesse quebrado, nós não estaríamos aqui — eu digo.

— Não acho que tenha valido a pena — Quint diz, rindo baixinho. — Mas já que...

Eu concordo e entendo o que ele quer dizer. E logo em seguida caio no sono.

# Capítulo Catorze

Eu acordo sentindo um movimento.

A primeira coisa que noto: o som das vesparasitas e da Debra-Lâmpada sumiu. Ufa.

A segunda coisa que noto: o chão está se movendo. É isso mesmo? Ou somos nós que estamos nos movendo? *Alguma coisa* está se movendo. Olho para fora da janela e...

PESSOAL! ACORDEM! NÓS ESTAMOS ANDANDO!

Mas os meus amigos já estão acordados. No banco de trás, Quint e Globlet estão jogando algo parecido com damas, usando dedos fluorescentes como peças.

— O quê...? O que tá acontecendo? — eu pergunto.

— Você estacionou em cima de um cãotodonte — Globlet explica, como se eu tivesse a obrigação de saber. Ela se joga pra trás, apoiando-se em uma pilha de sacolas cheias de quinquilharias. Parece que o Quint juntou MUITAS lembrancinhas enquanto eu estava tirando uma soneca.

— Que feliz coincidência, não? — Quint diz, e logo em seguida bate o dedo no tabuleiro. — E que vitória feliz. *Mais uma.*

Globlet dá um soco no tabuleiro:

— Eu tô PERDENDO FEIO!

— Gente... — eu começo a falar, tentando trazê-los de volta à nossa realidade —, como isso pode ser uma feliz coincidência?

— Bom — Quint diz —, o cãotodonte nos ajudou a passar pelo bloqueio da Debra-Lâmpada.

— Ah, isso é bom mesmo — eu digo. Começando a despertar depois do pânico que senti ao abrir os olhos. — Faz quanto tempo que estamos em cima deste cara?

Globlet dá um sorrisinho malicioso.

— Tempo suficiente para descobrirmos muitas coisas sobre você. Você fala dormindo, fica tagarelando sobre biscoito recheado, códigos secretos e a June...

— Tá, tá! — eu exclamo. — Por que vocês não me acordaram?

Quint dá de ombros.

— Você parecia bem à vontade.

Algo lá longe chama a atenção da Globlet e ela logo fica em pé.

— Estamos nos aproximando da passagem — ela diz, pulando para o banco do passageiro. — Vamos ter que passar por um rio para chegar à

Cidade Escondida. O cãotodonte não pode ir muito além disso.

À distância, vejo um cânion sombrio. Não tenho ideia de como fazer para descer e sair desse monstro gigante com o nosso táxi enquanto ele galopa, mas a Globlet simplesmente joga um pacote de balas pela janela, e o Biscoitinho vai atrás, pulando no chão.

— Adeus, amigo! — Globlet grita para o cãotodonte. — Vamos manter contato! Eu vou escrever pra você, mas você precisa escrever primeiro!

Assim que a criatura gigante se afasta o suficiente para não nos ouvir mais, Globlet se vira e...

> Não contem pra NINGUÉM que nós fizemos isso. Andar de cãotodonte é a infração mais ilegal que alguém pode cometer nesta dimensão.

> Ah, outra coisa, eu peguei a carteira dele.

> GLOBLET

# Capítulo Quinze

— A passagem é por aqui — Globlet anuncia animada.

Certo. Só precisamos passar por um cânion escuro, encharcado e mais assustador do que ter que ir ao banheiro de madrugada. *Oba*, eu penso, engolindo em seco e forçando o Biscoitinho à frente.

As paredes do cânion são incrivelmente altas, não deixando quase nada de luz passar. A escuridão parece nos engolir. Se não fosse pelos sons e cheiros de outro mundo, este lugar poderia ter sido tirado de um dos filmes de faroeste preferido do Dirk.

Essa não é a primeira vez que eu penso no Dirk. E na June. E no Rover. Estou com saudade de todos eles. É estranho, mas até que estou feliz por eles não estarem aqui. Ao meu lado, Quint sussurra operações de divisão complexas enquanto tenta consertar o canhão do seu conjurador. E, por algum motivo, sinto que o certo era que estivéssemos só nós dois aqui mesmo, nesta dimensão, nesta viagem.

Mas isso não me impede de ficar preocupado com os nossos amigos. Bem preocupado.

— Quint — eu digo —, você acha que o Dirk e a June estão... sabe?

*Namorando?*

*O quê? Não!*

— Eu quis dizer — respondo, suspirando —, você acha que eles estão *seguros*?

— Ah, sem dúvidas — Quint diz, sorrindo. Acho até que ele está um pouco mais preocupado do que aparentou, considerando que estamos a uma dimensão de distância deles, mas, sei lá... eu quero acreditar nele.

— AI, FALA SÉRIO! — Globlet diz. — É óbvio que eles estão bem. Eles sabem se cuidar muito melhor do que vocês. A June faz vocês dois parecerem uma dupla de bundões.

— Como assim? Cada um é uma bunda completa? — eu pergunto. — Ou cada um é uma nádega de uma única bunda?

> Duas nádegas, uma única bunda. Você é a nádega direita.

QUINT

JACK

> Todos sabem que os canhotos são mais inteligentes.

É então que eu vejo, pela primeira vez, uma luzinha piscando lá no alto. Cerrando os olhos, consigo identificar pequenas estruturas fixas na parede. A luz pisca outra vez e tenho outro vislumbre: são casas construídas a partir de sucatas remendadas.

— Vamos dar uma acelerada, Biscoitinho? — eu digo.

Quanto mais fundo entramos no cânion, mais sinto meu estômago flutuar na minha barriga, como se estivesse solto, revirando para lá e para cá, enquanto o Biscoitinho nos carrega, andando por aquele terreno difícil.

E, então, os passos do Biscoitinho ficam mais suaves, como se ele estivesse deslizando, atravessando o campo como um disco em uma mesa de aero hockey. Olhando pra baixo, vejo que o meu cadarço está desamarrado, e que a ponta está balançando para cima, agitada como uma bandeirola.

*Esse lugar é estranho mesmo...* eu penso, quando a Globlet aponta à frente.

— Chegamos! — Globlet diz. — A passagem do Rio Bizarro!

Muito à frente, a semiescuridão dá lugar a uma profusão espetacular de luzes, que sobem e se estendem para longe. Cores que nunca vi antes. Como uma daquelas lindas imagens renderizadas do espaço que vemos nos livros de ciências.

Percebo que é neste ponto que o cânion acaba, a terra acaba e a passagem do rio começa. Quando estou prestes a dar um último empurrão no Biscoitinho, ouço uma vozinha fraca clamar:

— A PASSAGEM NOS PERTENCE!

Duas criaturinhas se aproximam, subindo por um montículo no final do cânion. Cerrando os olhos, vejo que eles se parecem com pequenos gremlins. Um deles é verde e brilhante, o outro é roxo e tem o formato de uma bola de basquete.

Quint olha para mim, passando a mão no queixo.

— Acho que estamos diante de uma daquelas situações clássicas de pontes protegidas por Trolls.

— Só que com Trolls bem pequenininhos — eu continuo.

— Nós não somos Trolls! Somos druendes! Eu me chamo Flustrod — a primeira criatura diz. — E esse é o Pillksort.

Quint se levanta para colocar a cabeça para fora do teto aberto do nosso táxi. Ele faz um aceno simpático para a dupla.

— Saudações, Flustrod e Pillksort — Quint diz, em uma voz igualmente simpática, considerando as nossas experiências anteriores com pontes protegidas por Trolls. — Seria adequado presumir que agora vocês nos apresentarão um enigma para desvendar? E, se a nossa resposta estiver correta, poderemos atravessar a passagem?

Os dois druendes trocam olhares. Fazem uma pausa e então Flustrod diz:

— Sim... um enigma!

— Claro que tem um enigma. É óbvio... — Pillksort continua. Com a voz baixinha, ele pergunta: — Mas digam, o que é um enigma? Nós sabemos o que é. Só queremos ter certeza de que *vocês* sabem.

Eu faço uma careta. Tá, eles não são daqueles Trolls que fazem enigmas. Nem Trolls eles são. Então o que esses míni "druendes" querem de nós?

Globlet se aproxima.

— Uma vez, eu saí com um druende. Foi bem esquisito. Ele ficava insistindo para irmos assistir Luta Livre de Lesmas. Eles *adoram* uma boa briga.

— A pequena bola cor-de-rosa está certa! — Pillksort diz. — Não há nada de que gostemos mais do que ver e ouvir um bom combate!

Flustrod diz:

— Quem quiser passar terá que lutar! E os perdedores deixam pra trás uma extensa coleção de armas manchadas de sangue! — Um som metálico ressoa quando a cauda pontuda do Flustrod bate no monte debaixo dos seus pés.

Ao perceber que eles estão de pé em cima de uma armadura, meu estômago começa a queimar. Volto a olhar para as casas feitas de sucata nas paredes do cânion.

— Pessoal — eu sussurro —, esses druendes devem fazer emboscadas para pobres viajantes desavisados e devem obrigá-los a lutar uma batalha de vida ou morte.

— *Nós* somos os pobres viajantes desavisados — Quint diz, como se esse acontecimento fosse apenas mais uma feliz coincidência.

— E luta é com a gente mesmo! — Globlet continua, orgulhosa.

— PAREM DE COCHICHAR! VOCÊS SÓ PODEM LUTAR — Flustrod grita, apontando a cauda afiada na nossa direção. — VOCÊS IRÃO LUTAR!

Quint me olha de relance, e ficamos sorrindo sem graça por um tempo longo demais.

— Vocês não vão lutar *entre vocês* — Pillksort diz. — Só UM de vocês vai batalhar contra a nossa fera morta-viva: a STARGROVE.

Pera aí, eles disseram *morta-viva*? Eles têm… um monstro-zumbi? Isso seria um mumbi? Ou um zonstro? Não, que nomes ridículos. Precisamos de uma palavra nova que…

De repente, Quint começa a me cutucar, todo empolgado.

— Jack, isso é uma informação nova! Nós sabemos que a praga zumbi *veio* desta dimensão, mas nós só observamos o efeito que ela tem nos humanos. Só que nunca vimos um *monstro zumbificado*.

Concordo com a cabeça. Nunca pensei nisso, nem por um minuto, nem nunca vi nada parecido. E não tenho vontade nenhuma de ver agora.

— Ahm, ééé... querem saber de uma coisa, druendes? Acho que não — eu digo. — Eu passo.

— Não passa, não — Pillksort grita. — Vocês não ouviram o que dissemos? Vocês só passarão se lutarem!

Tá, falei errado, eu que causei essa pequena confusão.

— Não, quando eu disse que eu *passo*, eu quis dizer que eu *dispenso* essa coisa de...

— DISPENSA COISA NENHUMA! SE VOCÊ TENTAR CRUZAR O RIO SEM LUTAR, IRÁ MORRER! — Flustrod berra. — PERGUNTE AO BROGRO, O GUERREIRO QUE SE RECUSOU A LUTAR. AH, NÃO, NÃO É POSSÍVEL, O BOGRO ESTÁ MORTO!

Eu resmungo.

— Nós não vamos cair nessa sua historinha de luta! — eu grito. — Fique com essa porcaria de passagem pelo rio. Nós nem queríamos mesmo...

— Não acredito em você, seu mentiroso descarado! — Pillksort grita.

— Eu não sou mentiroso...

Flustrod clama:

— APAREÇA, STARGROVE! VENHA ATÉ NÓS, GUERREIRA!

Naquele instante, feixes de luz começam a cortar a escuridão. Vejo que uma parte enorme da parede do cânion mais próximo foi cavada e esculpida, formando uma enorme caverna, redonda e aberta.

No meio da caverna, uma jaula redonda balança suavemente suspensa no ar. Essa jaula também foi construída com sucata e parece pesar umas três toneladas, mas, sabe-se lá como, fica pairando no ar. Um ruído de vozes se espalha pelo cânion, e sinto um arrepio na espinha. *Centenas* de druendes começam a descer das estruturas lá no alto. Alguns deles descem escorregando por cordas de cobras. Outros simplesmente descem andando pelas paredes do cânion, parecendo um bando de malucos usando sapatos de ventosas.

Agora percebo por que este lugar parece tão esquisito, e por que o meu cadarço não fica abaixado: a gravidade aqui é diferente.

E, então, vejo a fera morta-viva dentro da jaula. Ela parece uma estrela-do-mar monstruosa: é uma besta de cinco braços, com uma bocarra voraz no meio do corpo.

Eu coloco a mão na marcha-ossuda para tentar afastar o Biscoitinho dali, mas é tarde demais.

Multidões de druendes vêm correndo na nossa direção, agitados e ansiosos pelo nosso sangue. Umas dez criaturas pulam em cima do táxi.

Eu me jogo para tentar segurar a porta ao sentir alguém abrindo. Os druendes se balançam no teto para entrar no carro, tentando nos golpear com suas caudas pontudas. Um deles acerta a lateral do meu corpo, e sinto uma dor forte me atravessar.

— NÓS NÃO QUEREMOS COMPRAR NADA DE VOCÊS! — Globlet grita enquanto mais daquelas criaturinhas terríveis entram pelo teto para tomar conta do nosso táxi.

Sinto outro golpe nas costas. Eu me abaixo sobre a minha barriga e caio para fora do táxi. Sinto uma dezena de garrinhas em cima de mim, algumas me pressionando, outras me puxando.

Um golpe acerta o meu pescoço, e a minha cabeça se inclina. Eles estão arranhando os meus ombros, me puxando e me arrastando. Quando consigo erguer a cabeça, percebo que eles me trouxeram para dentro da jaula do Guerreiro. A única porta se abre e, com três golpes nas costas, cambaleio para frente, e não tenho outra escolha a não ser entrar...

# Capítulo Dezesseis

A luta nem começou ainda, e a Stargrove já me pegou de jeito. Um bando de druendes segura a monstra morta-viva, arrastando-a para a parede do outro lado da jaula.

Do lado de fora, Flustrod e Pillksort fazem com que seus lacaios pulem de um lado para o outro, agitando a galera com o entusiasmo de um apresentador vendendo uma máquina de rosquinhas num programa de TV da madrugada.

— Temos dois lutadores! Stargrove, a única campeã invicta na história do nosso esporte adorado e, verdade seja dita, uma adversária bastante cruel!

A multidão de druendes se agita. Eles batem as caudas, como se estivessem se cumprimentando e aplaudindo ao mesmo tempo, o que gera um barulho de furar os tímpanos. Um deles gira uma camiseta estampada com a cara da Stargrove acima da cabeça, e eles começam a entoar juntos o nome da fera.

Eu ignoro a presença dos monstros e começo a procurar o Quint. Ao olhar em volta, percebo que até as barras da gaiola são construídas com sucata, com diferentes tipos de metais entrecruzados.

Deixo aquela gravidade estranhamente baixa me erguer do chão, para tentar enxergar melhor, na esperança de encontrar o Quint. Mas a multidão é muito densa, com druendes sentados uns nos ombros dos outros, formando pilhas de quatro ou cinco criaturas. Nenhum sinal dos meus amigos.

— E temos também... — Pillksort começa a falar, e então se aproxima da jaula e sussurra: — Ei, mentiroso descarado, como é mesmo o seu nome?

— Eu... — paro por um momento, pensando que talvez seja melhor não dizer o meu verdadeiro nome.

Eles podem perceber que estamos sendo procurados pelos guardas ou, pior ainda, podem ser amiguinhos do Serrote.

Além disso, um nome que cause medo nesses druendes pode ser útil. Mas não consigo pensar em nenhum nome assustador. É difícil ser criativo quando uma estrela-do-mar zumbificada está espumando pela boca bem na sua frente, tentando se soltar para garantir que você seja a próxima refeição que ela fará.

O meu nome é... é... Neil Armstrong.

NÃO É O QUE EU IMAGINAVA, MAS TUDO BEM. SEM JULGAMENTOS. APENAS O...

JULGAMENTO FINAL.

— SEU NOME! — Pillksort repete.

Ao dizer isso, os druendes batem o portão da jaula, que se fecha comigo e com a Stargrove lá dentro. Só nós dois. E não é para um jantar à luz de velas exatamente.

— STARGROVE CONTRA NEIL ARMSTRONG! — Flustrod grita. Olho para as dezenas de druendes pendurados na gaiola e então...

— GIREM... — Pillksort começa.

— Por favor, não girem... — eu murmuro, mas os druendes já estão se preparando.

— E QUE COMECE A LUTA!

E, assim, a gaiola começa a girar feito um pião, e tudo fica embaçado...

WHOOSH!

Eu odeio essa dimensão idiota!

Sou lançado pelos ares, completamente indefeso, sem conseguir controlar o meu corpo. Vejo de relance o braço de cima da Stargrove, apenas meio segundo antes de ela me acertar e eu cair para o outro lado. Abro os braços, mas ainda assim não consigo amortecer o impacto do meu corpo contra a parede. Parece que levei um soco no nariz.

Logo, eu entendo por que a Stargrove é invicta: enquanto eu fico girando e flutuando como o próprio Neil Armstrong, os vários braços da criatura conseguem mantê-la bem firme e ancorada.

O público está aos berros. Parece que fazia um bom tempo que eles não viam uma dessas lutas de que tanto gostam...

Estou tentando pensar em um jeito de evitar outro impacto quando a gaiola começa a girar de novo. Stargrove estica um dos braços e me derruba com uma pancada na garganta. Eu engasgo e saio voando e dando cambalhotas pelos ares...

Eu colido de novo contra a parede da gaiola e dou de cara com o Quint. A Globlet, pendurada no ombro dele, coloca um punhado de pipoca na boca.

— VOCÊS ESTÃO BEM! — eu exclamo.

— VOCÊ NÃO TÁ — Globlet diz, parando para mastigar. — Parece que você tá lascado.

— SIM, EU SEI! — eu grito, agarrando as barras da gaiola com os dedos. — Quint, eu preciso de uma das suas ideias geniais. *Agora*. Parece que eu estou lutando contra um monstro dentro do Globo da morteeeeee...

Minhas últimas palavras se transformam em um grito, pois a Stargrove me arranca da grade, puxando como se eu fosse um curativo velho e me lança para o outro lado da gaiola. Eu ricocheteio nas barras de metal e, antes mesmo de sentir a dor, começo a quicar de novo. Stargrove estica os braços, querendo me puxar para um abraço de urso destruidor. Sua boca está bem aberta, com saliva escorrendo pelas presas (e caindo *para cima*). Três braços da monstra estão bem abertos e me cercando por cima, por baixo e pelo lado.

— JACK! — ouço Quint gritar quando a gaiola começa a girar, e o meu mundo vira de ponta cabeça mais uma vez. Por sorte, acabo indo parar longe da minha adversária.

Vejo o rosto do Quint passar rápido por mim, embaçado, mas ouço ele gritar:

— Jack! Você controlou o Alfred sem o Fatiador, lembra? Você precisa fazer a mesma coisa agora!

— O ALFRED ERA UM ZUMBI! — eu grito.

— A STARGROVE TAMBÉM É UM ZUMBI!

Puxa, é mesmo. Monstro-zumbi, zumbi-monstro... continua sendo um *morto-vivo*.

— MAS AQUILO CAUSOU MUITOS PROBLE... — não consigo terminar a frase, porque caio em cima das costas da Stargrove. A pele dela é gosmenta, como uma geleia velha que esqueceram de limpar. Eu pulo pra longe.

— Você não está em condições de negar um conselho grátis! — Globlet grita, e eu resmungo, porque ela tem razão.

A minha condição atual, com o joelho contra o queixo, debatendo os braços, poderia ser descrita como "parecendo uma roupa amassada".

A esfera começa a girar de novo. Mas, desta vez, eu me agarro firme às barras, usando as ventosas da Mão Cósmica para não sair voando. Eu me arrasto para o lado e dou um giro rápido para olhar pra fora, numa tentativa falha de imitar o Homem-Aranha.

Lá na fortaleza, o Ghazt fez *alguma coisa* comigo. A mão mudou. O poder dela mudou. Eu só não sei como usar...

Mas eu preciso descobrir. *Agora*.

Stargrove se aproxima de mim devagar. Seus olhos estão famintos. Famintos e confiantes. Aquela criatura acha que me encurralou.

*Toma essa...* eu penso, estendendo a Mão Cósmica. Sinto o poder percorrer o meu corpo e subir pelas minhas veias. Eu me concentro e me conecto com o meu pensamento como fiz com o Alfred no parque aquático para fazer com que ele atacasse o Blargus.

SKITCH!

Daquela vez, funcionou.
Mas será que agora vai dar certo?
Será que o que o Ghazt fez comigo foi suficiente?
Eu encaro a Stargrove, olhando bem dentro dos seus olhos para tentar estabelecer algum tipo de

conexão. Ou, caso haja algum tipo de conexão natural entre a Mão Cósmica e os mortos-vivos, tento sintonizar a mesma frequência.

Ouço um zumbido no ouvido e não acho que seja só por causa dos vários golpes na cabeça que levei nos últimos minutos. Tem alguma coisa acontecendo. E é algo diferente da última vez que consegui controlar o Alfred.

Sinto a pele da minha mão esquisita, como se estivesse crescendo, se metamorfoseando, se fortalecendo, está congelante, mas não ouso afastar o olhar da Stargrove para ver o que está acontecendo com ela.

No parque aquático, não consegui sentir o que o Alfred estava pensando. Só pude torcer para que a minha mensagem chegasse até ele.

Desta vez, eu sei que a mensagem chega.

Stargrove para.

E eu consigo *ver* seus pensamentos.

Não tem como descrever em palavras. O que vejo é mais parecido com... um emoji. Cara, eu odeio emojis, e espero que, se o mundo voltar ao normal, ninguém mais se lembre de usar emojis.

Eu fecho a Mão Cósmica, e as imagens na mente da Stargrove começam a piscar e mudar. Não vou chamar isso de emoji. É mais como um... rabisco mental. De repente, vejo *centenas* de rabiscos. *Milhares!* Como um caleidoscópio de emoções e ações.

Mas há duas coisas que chamam a minha atenção, como se estivessem realçadas em negrito. Uma delas é a *raiva*. E a outra é um *druende*.

Os rabiscos ficam flutuando no ar e só eu posso vê-los. Como se eu estivesse usando óculos de realidade virtual que exibem as engrenagens do subconsciente da Stargrove. E algo me diz que a Stargrove está de saco cheio desses druendes.

Usando o raciocínio mais simples possível, tento buscar uma resposta.

A expressão da Stargrove muda quando eu conjuro uma imagem de nós dois, trabalhando juntos...

O Flustrod percebe que tem alguma coisa acontecendo, porque ele grita:

— GIREM! GIREM AGORA!

A gaiola gira, mas não importa. Eu me agarro em um dos lados, Stargrove se agarra do lado oposto. E nós ficamos nos encarando.

Eu lanço outro rabisco mental: druendes esmagados, como naquele jogo do martelo maluco acertando a toupeira ao sair da toca.

Vamos juntos

No segundo seguinte, Stargrove começa a correr na minha direção. Eu me solto da parede, e a baixa gravidade me permite ficar suspenso no ar. A gaiola gira à nossa volta. Eu estendo a minha mão esquerda e me agarro no ombro melequento da Stargrove, tentando me aproximar.

E então eu vejo:

A Mão Cósmica virou o Fatiador. Uma versão mais rígida e densa da lâmina, construída com a carne estranha da minha mão.

Não tenho nem tempo para reagir a esse horror, porque...

— GIREM! GIREM! GIREM!

Ainda agarrado à Stargrove, olho para fora e vejo o Quint. Da sua expressão em choque, vejo surgir um sorriso.

Eu ordeno que a Stargrove abra a gaiola e, com um só golpe de braço, a gaiola explode, fazendo voar metal amassado para todos os lados.

Flustrod cambaleia para trás, com o rosto pálido de medo.

— CORRAM!

— O NOSSO JOGO PREFERIDO JÁ NÃO É MAIS TÃO DIVERTIDO! — Pillksort continua, virando-se para fugir.

GRAB!

— Pode crer que isso não vai ser nada divertido — eu digo, calmamente, e conjuro outro pensamento: Stargrove, vai atrás deles.

De uma só vez, todos os braços dela se estendem e passam pela porta, ela agarra dezenas de druendes.

Aparentemente, o meu rabisco mental foi suficiente para despertar a Stargrove, e seu cérebro morto-vivo agora está assumindo o comando. Os braços reagem, trazendo os druendes para dentro da gaiola.

— Está ficando meio lotado aqui — eu digo para Stargrove, visualizando as palavras ao falar. — Que tal nós sairmos?

Stargrove me entende. Ela joga os druendes para trás e caminha em direção à saída. Ela curva o corpo melequento para passar pela porta da gaiola e me puxa junto com ela.

Do lado de fora, ela lança os braços mais uma vez, e é como ver um cão pastor agarrar uma ovelha fujona e trazê-la para junto do rebanho. Só que com muito mais gritos e agitos. Stargrove enfia os druendes na esfera de metal de todos os jeitos possíveis. Alguns ficam presos entre as grades, outros formam uma pilha. Quando o globo começa a rodar, eles rastejam e se amontoam como um ninho de abelhas.

NEIL ARMSTRONG, SEU MALDITO!
Druendes! Suas festinhas regadas a luta acabam hoje. Stargrove vem com a gente, e vou salvá-la de vocês e dos seus jogos doentios.

Alguns minutos depois, eu e Stargrove ficamos em pé, triunfantes, do lado de fora da gaiola, ao lado de Quint e Globlet. O Biscoitinho fica por perto, brincando naquela gravidade estranha.

— Sabe o que vocês são? — Quint continua. — Uns provocadores! Provocam brigas entre todas as criaturas. Isso não é nada legal!

— Mas até que é legal de assistir! — Globlet diz.

Eu faço uma careta e dou uma cutucada nela.

A roleta de emojis da Stargrove gira e para em uma imagem que me confunde por um momento, mas então percebo: é um emoji feliz.

— Globlet! — eu chamo, caminhando na direção do Biscoitinho. — Vamos logo!

Ela está ocupada fazendo caretas para os druendes na gaiola.

E, então, me dou conta do meu erro.

Flustrod diz:

— Você se chama Globlet? Foi assim que ele te chamou? Globlet, a mensageira da madrugada? Globlet, a PROCURADA?

Pillksort então começa a rir.

— E isso significa que... vocês dois devem ser os intrusos intergalácticos.

— Vou contar pra todo mundo — Flustrod cantarola. Ele pega algo que parece ser um celular gigante de outro mundo e começa a apertar uns botões.

Eu engulo em seco.

— Jack — Quint me chama —, este é um daqueles momentos em que acho melhor agirmos com certa pressa.

Em um segundo, saímos a toda velocidade, na direção da agora desprotegida passagem do Rio Bizarro...

# Capítulo Dezessete

Corremos até a passagem. Fico aliviado ao deixar os druendes para trás, mas agora é só uma questão de tempo até que o Serrote e os guardas cheguem, depois de o Flustrod ter avisado todo mundo sobre o nosso paradeiro.

Eu esperava que a passagem fosse uma ponte ou uma passarela, mas não. Na verdade, é só um monte de pedras flutuando no alto de um rio antigravidade. O Biscoitinho navega com facilidade, balançando e saltando para frente. Pela janela, vejo que a Stargrove está acompanhando o nosso ritmo. Ela ainda tem a aparência de um monstro aterrorizante que poderia acabar com todos nós com um único gesto dos braços. Mas não sinto mais medo dela. Principalmente agora, com ela girando alegre feito um cata-vento entre as pedras.

— Então agora você vai dizer que aquela estrelona morta ali é nossa amiga? — Globlet pergunta, olhando para a Stargrove pela janela, com um olhar desconfiado. — Porque, na minha dimensão, nós temos um ditado: um é o número mais solitário, dois significa companhia, três é mais companhia, quatro é o número perfeito para compartilhar uma pizza e cinco é sempre uma má ideia, principalmente quando a quinta pessoa é a única responsável pela morte de dezenas de pessoas dentro de uma gaiola.

Eu finalmente consigo me acalmar o suficiente para processar e explicar o que está acontecendo.

— O que aconteceu... — eu começo. — Foi *diferente* de todas as outras vezes que eu consegui controlar um zumbi. Com o Alfred e o resto do Esquadrão Zumbi, eu só sacudia o Fatiador e gritava uma ordem, tipo: "Tragam nachos pra mim". E eles seguiam a minha ordem, e é por isso que vocês sempre me viam comendo nachos. E quando o Blargus estava prestes a me destruir, eu consegui controlar o Alfred *só* com a Mão Cósmica, sem o Fatiador. Mas eu nunca soube o que eles estavam *pensando*.

— Certo — Quint diz, inclinando-se à frente e tamborilando os dedos com muito interesse. — Continue...

— Mas com a Stargrove... — eu começo, explicando como eu *vi* o que ela estava pensando: os rabiscos mentais, uma grande variedade de opções, e foi isso que permitiu que nós nos comunicássemos. Não apenas para dar ordens, mas uma conversa mesmo.

— Cara, que maneiro! — Quint exclama. — Você usou uma linguagem pictórica para se comunicar com uma monstra-zumbi... e a CONVENCEU a ajudá-lo em uma luta que deveria ter deixado você com a cara amassada no chão!

Eu concordo, relembrando mais uma vez meus últimos momentos com o Ghazt.

Nas últimas moléculas de poder do Ghazt que foram passadas para a Mão Cósmica, ao ver a mudança nela, eu surtei, e o Ghazt simplesmente me disse:

— Agora você é o general, Jack.

Naquele momento, eu não entendi o que ele queria dizer. Mas acho que agora eu entendo. Para liderar um exército, é preciso saber se comunicar com os soldados. E esse poder de comunicação deve ser o que o Ghazt colocou na Mão Cósmica.

— Se eu posso ler os rabiscos mentais dos zumbis, e eles podem entender a minha mente — eu digo, abrindo um sorriso —, talvez eu possa liderar o exército.

— Você está decidido mesmo a chamar isso de 'rabisco mental'? — Globlet pergunta. — Porque eu tenho uma opinião a respeito.

Ignorando a Globlet, Quint diz:

— Se você puder mesmo fazer isso… — ele nem precisa terminar a frase. Nós dois sabemos que isso pode virar o jogo a nosso favor na próxima batalha pelo futuro da nossa dimensão.

— Eu só terei certeza quando eu tiver *muitos* zumbis para testar — eu aviso. — Talvez só funcione com a Stargrove porque nós temos, sei lá, uma conexão psíquica especial.

— Segurem-se! — Globlet grita, quando o Biscoitinho cai da última pedra flutuante, gira naquela gravidade estranha e, por fim, aterrissa no lado mais distante da passagem.

O que há diante de nós é uma estrada muito larga e muito exposta.

— Existe outro caminho para a Cidade Escondida? — eu pergunto. — Vai ser muito fácil para o Serrote ou para os guardas nos encontrarem nessas estradas principais. Graças àqueles druendes, toda a dimensão sabe onde nos procurar.

— Ah, você quer alternativas? Ora, ora, você está com sorte! Nós temos alternativas! Duas! — Globlet diz, apontando para uma placa à nossa frente.

**ESTRADA FÁCIL E DIVERTIDA**
(COM LAVAGEM DE CARRO GRATUITA)

**A RODOVIA DOS PERIGOS**

**PEGUE A ESTRADA E CONHEÇA OS DESVIOS DUPLAMENTE PERIGOSOS!**

BLOQUEIOS RADIOATIVOS!
INÚMERAS ARMADILHAS!
PERIGOS EM ABUNDÂNCIA!

— Perigos em abundância. — Parece um tema bacana para uma festa de aniversário… e um tema terrível para o trecho final da nossa viagem à Cidade Escondida. Mas, se for para ficar fora do radar do Serrote, eu topo...

---

Acontece que os perigos não eram o único problema. A estrada é impossível e impassável.

Ou melhor, seria, se não tivéssemos a Stargrove. Agora que estamos trocando rabiscos mentais, ela é mais útil do que um canivete suíço.

Stargrove! Tire-nos da areia movediça, por favor!
Stargrove, acabe com aquele monstro, por favor!
KO!
Stargrove, encontre as lentes de contato da Globlet, por favor...
O que você queria que eu fizesse? FICASSE CEGA?
?

— Estamos perto — Globlet diz, batendo no para-brisas. — Próxima parada, Cidade Escondida!

E, então, o GPS faz um bipe. É o mesmo som de alerta que eu já ouvi, agora, umas duzentas vezes. Significa que há alguma atração imperdível por perto.

Globlet se inclina à frente.

— Poxa, não estamos tão longe do meu *monumento preferido da vida!*

— Você tem um monumento preferido? — eu pergunto.

— Todos temos, não? — Quint diz.

— É uma estátua enorme que se chama "O último grito do campeão" — Globlet conta. — É um marco superfamoso no local da grande batalha final entre os Campeões e um dos servos malvados do Ṛeżżǒcħ. Naquela época, todo mundo achava que aquele fosse o *último* dos servos do Ṛeżżǒcħ, então construíram esse monumento, um museu e uma barraquinha de lembrancinhas. E um quiosque que faz um *frozen yogurt* delicioso.

— O *último* servo do Ṛeżżǒcħ? — eu pergunto. — Mas...

Globlet suspira.

— Pois é, eles se enganaram. Havia outro servo, do qual ninguém tinha ouvido falar, que acabou despertando o Ṛeżży. Pois é...

Pelo retrovisor, vejo o Quint me encarando, de sobrancelhas erguidas, curioso. E não é uma curiosidade para saber quais são os sabores disponíveis de *frozen yogurt*. Uma curiosidade do tipo: essa informação pode ser importante.

Eu não quero mudar de direção agora que estamos tão perto da Cidade Escondida. Só que, vários monstros guerreiros acharam que tinham destruído *todos* os servos do Ṛeżžőcħ e acabaram se dando mal. E visitar o monumento pode nos ajudar a entender o que aconteceu, antes de tentarmos destruir o Ṛeżžőcħ.

— Vamos lá — eu digo. É só um pequeno desvio. E o que descobrirmos pode ser valioso demais para deixar passar.

Eu viro o volante, guiando o Biscoitinho para dentro de uma floresta de pedras bem fechada que separa o nosso caminho perigoso da estrada principal. A Stargrove nos segue, galopando atrás de nós enquanto o Biscoitinho vai costurando e saltando pelo caminho mostrado pelo GPS.

Chegando perto da estrada principal, reduzo a velocidade do Biscoitinho e olho para os dois lados da estrada: ninguém indo, ninguém vindo. Respiro fundo e viro na estrada principal, em direção ao "Último grito do campeão".

— Isso! Se vocês olharem pela janela para a direita, poderão ver... — Globlet anuncia, entrando no personagem guia turístico. Mas ela logo fica séria. —... uma cena de total desespero. Não se preocupem, vocês terão diversas outras oportunidades de ver cenas de total desespero. Foi nisto que a maior parte da minha dimensão se transformou: total desespero.

Passamos por uma série de cidadezinhas e postos abandonados, cada um em uma situação mais lamentável do que o outro. Olhos brilhantes espiam por entre pilhas de lixo quando passamos. Prédios tortos gemem com tristeza. Imagino que eles estejam tão vivos quanto um cacto. Ficam lá parados, não fazem muita coisa, mas são bem sacanas se você decidir chutá-los por um motivo qualquer.

É como se um furacão tivesse passado destruindo este lugar, e ninguém tivesse se dado ao trabalho de reconstruir. Pelo olhar vazio da Globlet, eu entendo: o furacão foi o Ṛeżżőcħ.

À distância, vejo um conjunto de prédios e alguma coisa mais alta por trás.

— Chegamos. O "Último grito do campeão" — Globlet diz, sentada no assento. — Eu e minhas amigas vínhamos aqui tomar *smoothies* e fazer umas traquinagens. Mas... era muito mais movimentado.

— Ei, Globlet — eu digo. — Aquilo é...?

— Um esqueleto? Sim, Jack. Que observação perspicaz — ela diz, revirando os olhos. E então resmunga. — Desculpa, estou meio chateada. Sim, é um esqueleto. Faz parte do monumento.

— E não é só um esqueleto, tem duas figuras ali — Quint diz, quando o Biscoitinho estaciona devagar.

Logo, eu e Quint estamos parados na estrada, à sombra do monumento.

A primeira figura é um esqueleto. Já vi muitos esqueletos, já *lutei* contra muitos esqueletos, mas esse é diferente. Levo um tempo para entender por quê. E, então, Quint vocaliza o que eu estou pensando:

— Jack, essa é a mesma espécie de monstro do Blarg. Só que muito, muito maior.

O Blarg foi o primeiro servo do Ṛeżźőcħ que eu matei.

Mas é o que vejo em seguida que faz o meu cérebro derreter. A segunda figura. O monumento representa aquela criatura parecida com o Blarg travando uma batalha com... o Thrull.

# Capítulo Dezoito

— Quint — eu digo, tremendo.
— Eu vi — ele diz.

— Por que o Thrull está lutando contra um servo do Ṛeżżőcħ se ele mesmo é um servo do Ṛeżżőcħ? — eu pergunto. — E por que tem um *monumento* em homenagem ao Thrull?

— Além disso, por que fizeram o Thrull tão alto?! — Quint continua. — Essa escala é estapafúrdia.

— Licença dramática! — uma voz animada diz.

Eu me viro, assustado. Há uma monstra parada do lado de fora do que imagino ser o centro de visitantes parecendo querer bater papo. Ao lado dela, há uma barraquinha vendendo bonecos do Thrull, uns saquinhos que prometem conter "pelos autênticos do peito do Thrull", e uns dois mil ímãs. — Vocês devem estar procurando pelo passeio guiado.

Não temos tempo para passeio nenhum, seja guiado ou não.

— Na verdade, não. Estamos com pressa — eu digo. — Eu só queria saber o que aconteceu...

— Por favor, todas as perguntas podem ser feitas ao final do passeio — ela diz, ríspida.

— Mas...

Quint sorri.

— Sem problemas!

Eu suspiro. Não existe nada de que o Quint goste mais do que um passeio guiado. O sonho dele deve ser fazer um passeio guiado pela escola de guias de passeio.

— Maravilha! — a monstra diz, saindo de trás da barraquinha. Ela tem, pelo menos, oito pares de pernas e três olhos grandes e esbugalhados. A voz dela é aguda e ela fala muito rápido, comendo as palavras.

— O meu nome é Amarelda e serei a guia de vocês!

— Vocês recebem, ééé... muitos visitantes aqui? — eu pergunto.

— CLARO! — ela diz, e só então para pra pensar. — Ou melhor, recebíamos. Depois que veio o Ṛeżżőcħ, com os portais e tudo o mais, o movimento caiu.

Amarelda pega então um monstrinho parecido com um sapo e o segura por uma pelanca flácida do pescoço.

— Doações são bem-vindas — Amarelda diz, e o monstro-sapo abre a boca devagar.

— Tá bom — eu digo.

— *Muito* bem-vindas — Amarelda acrescenta.

Nós concordamos e sorrimos.

Amarelda se vira na direção de Stargrove, e eu lanço um rabisco mental rápido para ela: guarde o seu dinheiro.

Por fim, Amarelda enfia o sapo de volta em um bolso e começa a visitação.

— O esqueleto é o Horgaz, que nós acreditávamos ser o último dos grandes servos do Ṛeżżőcħ. Nesse exato local onde você está, na rua que hoje é conhecida como a Passagem do Guerreiro, o Horgaz foi massacrado pelos Grandes Campeões.

> O GOLPE FINAL FOI DESFERIDO PELO THRULL, O MAIS LENDÁRIO DOS GRANDES CAMPEÕES! E, HOJE, AQUELE MOMENTO DE TRIUNFO ESTÁ PRESERVADO NO TEMPO PARA SEMPRE!

— Vocês tinham Grandes Campeões? — eu pergunto. — E o Thrull... era um deles?

— É claro! — Amarelda diz. — Uma dúvida: o livro *Os eventos mais importantes da história de todo o sempre* não faz mais parte do currículo escolar dos jovens monstros? Os Grandes Campeões eram um time imbatível, que perseguia e lutava contra os servos do Ṛeżżŏcħ. Eles eram companheiros inseparáveis e guerreiros brilhantes. E este foi o melhor momento deles! Uma vitória para lembrar para sempre!

— Ah é? — Fico olhando para ela.

— Com certeza. Naquela época, acreditava-se que o Horgaz era o último dos grandes servos do Ṛeżżŏcħ.

O Ṛeżżőcħ dormiu e, quando o Thrull matou o Horgaz, todo mundo acreditava que não havia sobrado nenhuma criatura que acordaria o Ṛeżżőcħ. Foi o último grito dos Campeões. É por isso que esse monumento é chamado de: O Último Grito dos Campeões!

Amarelda continuou falando, mas parei de ouvir. Estou tentando encaixar as peças, mas nada faz sentido. Quando entrei na dimensão monstruosa, será que eu também entrei em um universo alternativo em que o Thrull é, na verdade, um sujeito do bem? Parece que eu estou alucinando.

A minha cabeça está a mil enquanto tento processar essa novidade. O primeiro servo do Ṛeżżőcħ que eu matei foi uma criatura parecida com o Blarg, e foi isso que desencadeou muito do que aconteceu em seguida. Matar o Blarg foi o que me colocou neste caminho, foi o que me trouxe até aqui.

E, agora, a Amarelda está dizendo que o último servo do Ṛeżżőcħ que foi morto também era uma criatura parecida com o Blarg. E que foi o Thrull que acabou com ela.

Eu dou um passo vacilante na direção da estátua do Thrull e olho para cima. É uma figura magra e esbelta, toda engomadinha.

Amarelda interrompe:

— O Thrull era exatamente assim quando abateu o Horgaz! E ouvi dizer que ele ficou ainda mais bonito, um verdadeiro gatinho.

*Você quer dizer ainda mais monstruoso*, eu penso. Eu não estou gostando disso, e não está nos ajudando em nada. Eu fico inquieto ao saber que o Thrull lutou contra o mesmo tipo de criaturas que eu. Eu não quero ter nada em comum com o Thrull.

— É muito curioso — Quint concorda. — E o que vai acontecer agora? Vamos ver a fortaleza na casa da árvore onde o Thrull se reunia com os amigos?

Olho feio para o Quint. Essa é a primeira vez que olho assim para o meu melhor amigo. Logo, abaixo a cabeça.

— Não deveríamos ter parado aqui — eu digo baixinho.

— Mas o que deu errado depois? — Quint pergunta a Amarelda. — Você disse que os Campeões achavam que ninguém mais acordaria o Ṛeżżőcħ, mas, obviamente, alguém o acordou.

— Excelente pergunta! — Amarelda diz. — Depois que o Horgaz foi abatido, os Grandes Campeões acharam que o serviço estava concluído. Todos nós achamos que o mundo estava seguro. Mas acontece que o Ṛeżżőcħ acordou. E vocês sabem o que aconteceu?

— Não — Globlet diz.

— Droga — Amarelda diz —, nem eu.

— Acho que essa é uma pergunta que temos que fazer à Shuggoth! — Quint diz.

E, ao ouvir a palavra *Shuggoth*, Amarelda se contorce e treme. Ela olha para nós, e seus olhos se fixam na Mão Cósmica.

Seu corpo inteiro estremece. Vários dos seus olhos reviram e congelam.

Um dos olhos racha, deixando escorrer um líquido preto...

A cabeça dela gira, seu corpo se contrai em espasmos e os olhos tremem nas órbitas. Da sua garganta, sai um som gutural, e ela começa a se debater, girar e se contorcer. De repente, ela fica dura e uma voz, bem diferente, sai de algum lugar medonho do fundo do seu ser...

SE FOREM À CIDADE ESCONDIDA, PREPAREM-SE PARA O PIOR! A MORTE OS AGUARDA! POUCOS SAIRÃO DE LÁ VIVOS!

Eu me encolho de medo, dando um pulo para trás e quase tropeço no Quint. Ouço os dedos do Biscoitinho tamborilarem ansiosos no chão.

— Precisamos fazê-la ficar quieta! — eu grito.

— Isso não tá incluído no passeio? — Globlet pergunta.

— Não!

— EI, MOÇA! — Globlet grita. — Acho melhor você se acalmar.

E, então, a Amarelda cai. Ela fica deitada no chão, resmungando baixinho, coisas sem sentido. Ela começa a tatear e cavar o chão e, por fim, usa suas várias pernas para desaparecer dentro da areia...

# Capítulo Dezenove

Eu me curvo, coloco as mãos no joelho, tentando evitar que o meu coração exploda. Infelizmente, o horror ainda não acabou.

— O que foi, Biscoitinho? — Globlet pergunta.

Eu me viro. O Biscoitinho ergue um dedo e aponta para a estrada. Vejo uma nuvem de poeira no horizonte e então...

O Serrote nos encontrou.

Não acredito.

— Não, não — eu gaguejo. — Não! Estávamos quase chegando! Nós não viemos até aqui para morrer em uma isca pra turistas idiota e barata de outra dimensão!

Estamos enfraquecidos e em desvantagem. O canhão do conjurador do Quint está quebrado, e o Fatiador de Louisville está na dimensão humana. Não temos armas.

Desvio o olhar do Serrote e olho para a estrada principal, na direção da Cidade Escondida. A direção para onde estávamos indo, até decidirmos parar aqui, tudo isso por causa...

Do Thrull.

Quase posso sentir a estátua pairando acima de mim. Me provocando.

— O inimigo deve chegar aqui em quatro minutos — Quint diz.

Eu me viro, procurando... por alguma coisa. Um canhão-jumbo aparecendo do nada, escondido em algum lugar, por que não? Um exército de carapaças vindo nos resgatar? Os 101 dálmatas que odeiam o Serrote?

Não tem nada por aqui.

O que a June e o Dirk fariam?

O que o Rover faria?

227

— Pessoal, por que as caras de bunda? — Globlet diz. — Jack, eu sei que você tem essa cara de bunda mesmo... Mas, poxa, a gente vai conseguir!

Eu não acredito que agora é a *Globlet* quem está tentando nos animar.

Ela se joga no chão, que parece ser feito de areia negra. Globlet usa um dedo para desenhar um plano e cada linha revela uma nova cor. Quando ela termina, o chão está coberto de zigue-zagues verdes, alaranjados, amarelos, cor-de-rosa e azuis-turquesa. Tento acompanhar o que a Globlet está sugerindo, mas as coisas estão meio embaçadas e acho que eu não tenho nada a ver com isso.

— Começamos com a manobra de pinça clássica. Jack, você se gira onze vezes e depois dá meia-volta na direção da estátua. Esse é o segredo, obviamente, mas também é aqui que mora o perigo. Enquanto você estiver no nono giro, o Biscoitinho vai começar a correr parado no lugar. Quint, o seu tênis de boliche vai ser essencial. É uma pergunta boba, eu sei, mas preciso fazer:

Todos estão com cartas de saída livre da prisão, certo?

Pessoal, prestem atenção!

Olho para o Quint e, talvez pela primeira vez na vida, vejo que ele não entende alguma coisa de imediato, mas o Biscoitinho parece entender e fica acenando com o indicador para cima e para baixo, como se estivesse concordando com todos os detalhes do plano da Globlet. A Stargrove só fica se balançando, para frente e para trás.

— Então... — Globlet diz, batendo palmas e soltando uma nuvem poeirenta e colorida das mãos. O Biscoitinho espirra. — O que acham?

ACHO QUE CHEGOU A HORA DE VOCÊS MORREREM!

O Serrote entra no Caminho do Guerreiro montado em uma vesparasita terrivelmente modificada. É uma criatura do tamanho de um cavalo, com pernas deformadas e mal encaixadas. Eu preciso olhar de novo quando percebo que uma perna parece estar virada para trás. Eu estremeço ao ver aquilo, lembrando da pilha de carcaças que vi no laboratório da fortaleza do Serrote.

Engulo em seco.

Ele parece estar com tudo dominado, relaxado e confortável. Mas quando a vesparasita vai desacelerando até parar, percebo dois bráculos do Serrote entrelaçados e mexendo nervosos. Tenho a sensação de que ele está se esforçando para parecer um chefão malvado (ainda que meio mutado, meio derretido e completamente desfigurado).

Lembro que o Thrull tratava o Serrote como um mero serviçal do qual ele se afastou com toda a frieza assim que conseguiu o que queria. E eu me lembro do chilique que o Serrote teve depois. Aquilo deve ter sido um baque no seu ego tão frágil.

No alto, há uma nuvem pesada vindo atrás dele, com centenas, talvez milhares de vesparasitas. Elas voam rápido, formando ângulos acentuados no ar, e ficam no alto, prontas para atacar a qualquer momento.

Ao lado dele, Debra-Lâmpada se ergue de repente.

— Eu vi! O veículo em forma de mão está camuflado! Eu encontrei, senhor! E, agora, precisamos encontrar o garoto...

— Ele está aqui! — Serrote diz. — Eles estão todos aqui!

— Certo, claro, senhor. Eu só queria ver se o senhor sabia.

Cá estamos, em pleno Caminho do Guerreiro. Só que, de guerreiros, não temos nada. Estamos mais para quatro idiotas que acabaram de ser pegos no flagra no meio de uma brincadeira de criança.

Só nos resta uma coisa a fazer: implorar. Eu me ajoelho e apoio a mão no joelho.

Serrote, nós precisamos continuar fazendo isso? Por favor...

Você já tentou relaxar lendo um livro? Ou se jogar no sofá e assistir a um filme com os amigos? E se tentássemos fazer isso?

Pode ser que a gente descubra mais coisas em comum do que imaginamos.

— Ele gosta mesmo de ver imagens em movimento! — Debra lembra. — Ele vê as gravações das próprias cirurgias. Inúmeras vezes. E de novo e de novo e de novo. Depois, ele nos obriga a assistir. E, se caímos no sono, levamos um safanão.

O Serrote cai na risada.

— É verdade. Nós assistimos às cirurgias que eu realizei em mim mesmo... depois do que *você* fez comigo — ele diz, me olhando com um olhar furioso.

Eu faço uma careta.

— De nada?

— Eu falei para você, Jack, que passei por uma melhoria. Que a dor que você me causou me deu a oportunidade de me modificar e criar uma versão melhor de mim mesmo. Quer ver? — Serrote pergunta, parecendo uma criança com quem você é obrigado a brincar e que fica querendo mostrar todos os brinquedos, um por um.

— Eu *adoraria* ver! — Globlet diz, acenando com a mão.

Serrote se balança para trás, apoiando-se nas pernas-tentáculos, e apunhala o peito com as pontas afiadas de dois dos seus bráculos, deixando à mostra uma sutura longa e não completamente curada. Ele afasta a pele, abrindo o peito ao meio.

— Vejam o terror! — ele diz, com o peito se abrindo até que sai de lá de dentro...

Serrote pega o controle remoto e arremessa contra Olho de Lâmpada.

> OPS. ISSO NÃO DEVERIA TER ACONTECIDO. DEBRA-LÂMPADA, ENCONTREI O CONTROLE REMOTO.

> EU FALEI QUE NÃO TÍNHAMOS PERDIDO! FALEI QUE ESTAVA COM VOCÊ!

— Agora pode pegar de volta. Se você falar assim de novo comigo, vou fundir você com *outra* criatura. Uma da qual você não vai gostar nadinha.

— Pior que a Debra? — Olho de Lâmpada pergunta.

— Que indelicadeza. Eu gosto de você. Nós conseguimos conversar mais agora — Debra diz.

Serrote os ignora e vai logo fechando o peito e resmungando.

— Já chega de falar baboseiras na hora da morte. Você destruiu a minha fortaleza e ajudou o Ghazt a criar um vórtex que me causou mais dor do que achei que fosse possível suportar. Agora, chegou a hora de *você* sentir dor...

E, ao dizer isso, o Serrote ergue um dos bráculos e desce, esticando e chicoteando, apontando para a nossa direção.

— Vesparasitas, atacar!

De repente, tudo fica embaçado.

As vesparasitas nos atacam de todos os lados. Estralando os bicos, armando as garras. Uma está com a boca bem aberta e vejo milhares de pequenas presas que descem até sua garganta.

Serrote começa a gargalhar.

— Não tão rápido! — ele pede. — O garoto tem que sofrer como eu sofri.

As vesparasitas fervilham na nossa direção, famintas, ferozes.

— Atrás da estátua! — Quint grita, correndo pela rua. Globlet e Biscoitinho vão atrás dele, e os três se jogam no chão para se esconder.

Eu lanço um rabisco mental dizendo: *vem comigo!* para Stargrove, e ela vem pisando forte atrás de mim, mas as vesparasitas também nos seguem.

Quando nos aproximamos da estátua, subo nas costas da Stargrove, como uma criança que sobe nos ombros do pai para enxergar mais longe. Lanço um rabisco mental: acabe com essas malditas vesparasitas, por favor.

Stargrove responde com um rabisco mental.

— Não! — eu grito. — Eu não, elas!

Os nossos rabiscos mentais estavam funcionando tão bem, mas agora que a minha vida depende disso, as coisas parecem estar degringolando.

Mas, então, Stargrove lança outro rabisco mental em que aparece rindo.

— Você estava me zoando? — eu pergunto. — Ah, que ótimo, que bom momento para começar a ter senso de humor.

Stargrove então ataca com três braços. Sou lançado para trás e vou parar na dobra entre dois de seus braços, ficando pendurado e parecendo uma mochila gigante. Stargrove, que nunca perdeu uma luta, parte para o ataque.

Seus braços se agitam com velocidade, agarrando as vesparasitas em pleno ar. Ela enfia as criaturas na boca, dá uma mordida e cospe-as para o lado. Brutal e eficiente.

Eu mando outro rabisco mental: fique aqui em frente à estátua e não deixe nenhuma vesparasita passar.

Ela nem me dá bola, só continua agarrando as vesparasitas com todos os seus braços. Salto para descer das costas dela, dou a volta na base da estátua e me jogo no chão, rolando até chegar ao lado de Quint e Globlet.

Tomando fôlego, olho para o Quint. Torço para que uma ideia brilhante tenha surgido naquela cabecinha. A Stargrove vai conseguir segurar as agressoras por um tempo, mas não para sempre.

Quint fica olhando para longe, perdido em pensamentos. De repente, seus olhos brilham.

*Isso*! Tenho certeza de que estamos a salvo. Meu amigo genial pensou em algum jeito de nos tirar desse caos, alguma forma de nos...

— Um chaveiro! — ele diz, pegando um chaveiro no chão e colocando no bolso.

Meu queixo só falta cair no chão.

— Eu estava querendo muito encontrar um desses — ele diz.

Olho para ele com a plena sensação de que não estou entendendo mais nada. Ele olha para mim aliviado, como se estivesse mesmo precisando daquele chaveiro.

Enquanto isso, Globlet tira de novo a minha câmera de dentro da barriga. E eu não gosto nada daquilo. Poxa, aquela câmera é importante para mim! Foi o que me fez aguentar os primeiros meses do apocalipse. Era a minha conexão com a June. Sem a câmera, eu nunca teria conversado com ela nada além de umas poucas frases atrapalhadas.

Olho de um lado para o outro.

— QUAL É O PROBLEMA DE VOCÊS? — eu berro.

— Como assim? — Globlet pergunta.

Eu suspiro.

MAIS LEMBRANCINHAS?! Isso é sério? As vesparasitas estão na nossa cola, o Serrote tá bem aqui e você quer um chaveirinho?

Tá, eu até entendo. Quando você viaja para outra dimensão, quer levar algo para casa. Mas...

— Tá, você nem tanto. Todas as coisas que já imaginava de você só se confirmaram. Além disso, você é uma criminosa, o que eu não esperava, mas só dá um toque a mais na sua personalidade. Mas você, Quint...

Eu coloco as mãos na cabeça.

— Olha, eu tenho certeza de que o Neil Armstrong e o Buzz... bom, na verdade esses dois não, eles eram caras sérios, mas o *outro cara*, aposto que o outro cara provavelmente quis trazer uma lembrança pra casa. Mas...

— Eles trouxeram rochas lunares — Quint diz, categórico. — Inúmeras.

— VOCÊ ENTENDEU O QUE EU QUIS DIZER! Quint, você está totalmente distraído desde que chegamos nesta dimensão. E, sim, a nossa última vitória foi a melhor última vitória que alguém já ouviu. E estou dizendo isso sabendo que estamos em um monumento em homenagem ao último grito dos campeões. Mas, sério... O QUE TÁ ACONTECENDO COM VOCÊS?

Do outro lado do monumento, o Serrote grita:

— Debra-Lâmpada, mate a criatura em forma de estrela. Vamos acabar logo com isso.

— Ei, pessoal — Globlet diz. — Acho que vocês provavelmente vão morrer logo, logo. Eu provavelmente não vou, porque sou cheia de truques, mas vocês vão com certeza. Então... Quint, você deveria contar para ele.

— Contar o quê? — eu pergunto. — Estou com alguma coisa nos dentes? Eu estou esse tempo todo com alguma coisa nos dentes?

— Quint, conte para ele — Globlet diz.

— Globlet, já chega — Quint diz. — Jack, eu não tenho nada para contar para você. Nós só precisamos sair daqui, encontrar a Cidade Escondida e conversar

> VOCÊ BRINCOU COM COISAS QUE NÃO ENTENDE, JACK. VOCÊ EMPUNHA A MÃO CÓSMICA, MAS NÃO SABE COMO E NEM POR QUÊ.

com a Shuggoth, porque acredito que nós podemos, sim, vencer nesta dimensão.

Eu acho que ele está escondendo algo de mim, mas antes que eu possa insistir, ouço a voz do Serrote.

Olho para trás.

> VOCÊ SEMPRE FAZ ISSO, CHEFE.

> LEMBRA DA BROCA-EÓLICA? E A SUA NARINA?

> É CLARO QUE EU ME LEMBRO DA BROCA-EÓLICA. NÃO SINTO MAIS O GOSTO DA COMIDA QUANDO A MARÉ ESTÁ BAIXA. NUNCA MAIS ME FAÇA LEMBRAR DO ACIDENTE COM A BROCA-EÓLICA!

Carcaças de vesparasitas estão espalhadas pela rua. Do topo de um morro, o Serrote grita:

— Isso não é nada inteligente, Jack. Você acha que eu, gênio, cientista, provocador que sou, uso ferramentas sem saber para que servem?

— Bom, vocês morrerão aqui, bem longe de casa, mais longe do que qualquer um da sua espécie já conseguiu chegar. Então até que é bacana, concordam? — Serrote diz.

Todas as vesparasitas que restaram mergulham no céu de uma só vez, formando uma cortina preta e deixando o céu escuro.

Globlet dá uma pancada na perna do Biscoitinho e, juntos, eles correm na direção de um prédio alto bem longe. O prédio só tem uma porta e janelas altas que parecem ser feitas de uma espécie de pedra açucarada.

*Eles tiveram uma boa ideia*, eu penso, vendo o Biscoitinho tentar forçar a porta para entrar.

— Vamos, Quint — eu digo, e começo a correr.

As vesparasitas descem a toda velocidade em volta do monumento. Outras sobem e se jogam com tudo para tentar passar por Stargrove. Mas ela é como um goleiro que sabe todas as manhas. Balança os braços estendidos, golpeia e agarra as vespararistas e, na maior parte das vezes, enfia aquelas criaturas na boca, arrancando pedaços para que elas nunca mais possam ameaçar ninguém. Ela as abocanha como se estivesse em um buffet faltando seis minutos para fechar e querendo fazer o dinheiro valer a pena.

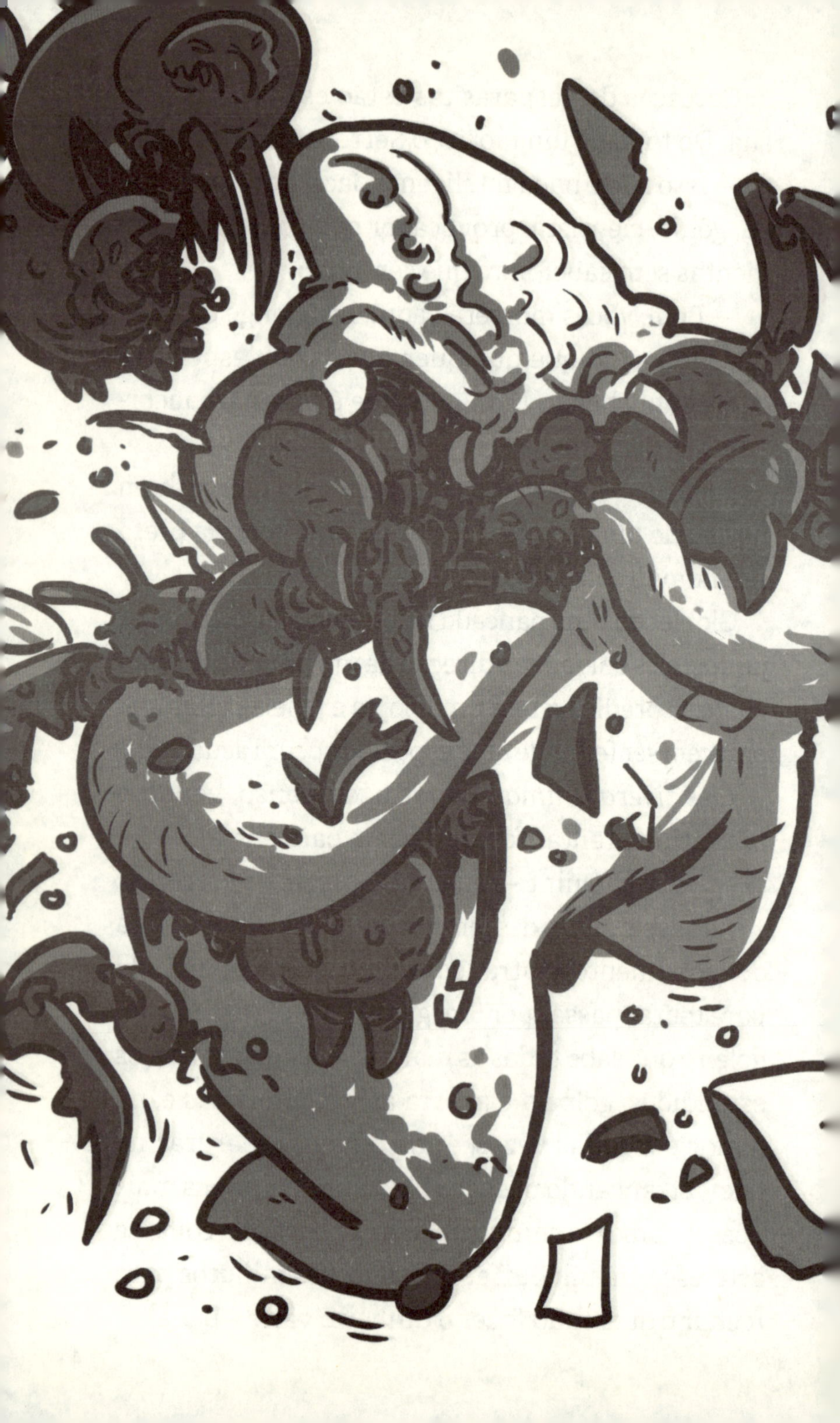

— Olha, preciso confessar: por mais que eu tenha detestado aqueles druendes, fico feliz de termos cruzado com eles — Quint diz, correndo ao meu lado.

Invadimos o prédio alto no final do Caminho do Guerreiro. O prédio treme de leve, reagindo à nossa presença. À primeira vista, chego a achar que há pingentes pendurados no arco da entrada, mas, ao passar por ali, sinto que é algo mais parecido com palitos de queijo.

Olhando rapidamente em volta, vejo que estamos em um museu dedicado à batalha que a Amarelda descreveu. Imagens coloridas e enormes nas paredes recriam o clímax do combate. Há armas expostas em toda a sala, junto com imagens desbotadas, quase holográficas, dos vários guerreiros que já as empunharam.

Globlet para de mexer no para-choques do táxi quando entramos. Ela salta no chão, soltando um assovio e corre na direção de uma das armas: uma corrente grossa, do comprimento de uma mangueira de bombeiros, em que cada elo é do tamanho de um frisbee. Globlet, demonstrando uma força que nunca imaginei que ela tinha, agarra a corrente e puxa na direção do Biscoitinho.

— Ah, Globlet... ISSO! — eu digo, vendo-a correr de um lado para o outro. — O seu plano de nos tirar daqui era pra valer? Eu achei que você estava só fazendo aquilo que você sempre faz quando está...

— Maluca — Quint termina.

De repente, ouvimos um golpe forte em uma das janelas do museu. E mais um. Vesparasitas. Elas passaram pela Stargrove. Preciso trazê-la aqui para dentro. Não posso usá-la como um escudo vivo (ou seria morto-vivo?). Ela não vai conseguir derrotar todas as vesparasitas, e isso não é certo. Eu não a libertei daquela gaiola horrível para ela virar uma esponja de vesparasitas.

— Globlet, o que podemos fazer para ajudar? — Quint pergunta.

— Nada! — ela diz, animada. — Eu tive essa ideia com as minhas amigas uns anos atrás. Só que nunca consegui nenhum táxi ou carro para colocar em prática.

— Calma, como assim? — eu pergunto. — Do que você está falando?

— O plano de roubar o monumento e vendê-lo para a Sociedade dos Monumentos Roubados. Eles pagam uma grana alta.

— GLOBLET, NÓS NÃO VAMOS ROUBAR UM MONUMENTO!

Ela dá de ombros.

— Bom, é isso que *eu* estou tentando fazer.

— E você acha que é isso que *nós* estamos tentando fazer? — eu pergunto.

— Bom, eu achei que fosse. Quando a gente vê um monumento enorme, quer levar embora, né?

Eu respondo cerrando os dentes.

— Não, Globlet, nós estamos tentando fugir! E não com estátuas... mas com *vida*!

— Ah — Globlet diz —, entendo que isso possa ser mais interessante para você do que um monumento enorme em homenagem à criatura que matou o Bardo, seu melhor amigo monstro.

Ergo as mãos, me viro e começo a andar inquieto.

— Desculpe, Jack! — ela diz. — O que eu fiz foi imperdoável. Eu fracassei. E agora terei que viver com esse peso na consciência por causa da morte de vocês pelo resto dos meus dias.

— Da sua morte também, Globlet — Quint observa, enquanto outras três vesparasitas batem na janela, tirando lascas daquele vidro estranho.

Eu olho para fora com cuidado e vejo que Stargrove continua a arrasar com todas aquelas criaturas aladas medonhas, ela as mastiga com uma velocidade impressionante. A rua à volta dela está coberta pelos seus corpos sem vida. Stargrove arrasaria em uma competição de quem come mais cachorro-quente. Mas são muitas as vesparasitas, e ela não consegue estar em todos os lugares ao mesmo tempo.

De repente, uma vesparasita consegue arrebentar a porta e entra com tudo! Ela voa para lá e para cá, debatendo-se contra dezenas de armas, fazendo um barulho metálico a cada batida. A vesparasita ricocheteia em um escudo pesado, arqueia, começa a cair, mas então dispara contra o Biscoitinho, que simplesmente ergue um dedo e...

SPLAT!

É hora de encarar os fatos:

O plano de fuga da Globlet, na verdade, não é um plano.

As vesparasitas estão passando pela Stargrove.

Ninguém virá nos resgatar.

Se vamos perder (e nós vamos!), que seja lutando.

# Capítulo Vinte

Eu vou em direção a uma das armas que a vesparasita derrubou. É uma lâmina enorme feita de algum metal que não temos na Terra. Deve pesar mais de cinquenta quilos. Com a Mão Cósmica, consigo erguer e empunhar a lâmina, mas não sem dificuldades.

— Quint — eu digo —, eu vou ali dar um soco na cara do Serrote. Que vir?

— Claro, amigo — ele diz.

— E, se sobrevivermos a isso — eu digo —, você vai ter que me contar aquilo que não está querendo contar.

Quint inclina a cabeça para o lado, pensando, e está prestes a falar, quando...

O teto racha ao meio bem em cima da nossa cabeça, estourando como uma lata de refrigerante.

A luz passa pelo buraco e, por um momento, só conseguimos enxergar uma sombra enorme e ameaçadora formada por uma criatura bem em cima de nós.

> ENTÃO QUER DIZER QUE VOCÊS GOSTAM DE HISTÓRIA? QUE BOM, PORQUE VOCÊS VÃO ENTRAR PARA ELA DAQUI A POUCO.

O Serrote desce da vesparasita, escorregando todo desengonçado de cima do monstro e batendo a cabeça na borda pontiaguda do buraco aberto no teto. Ouço um uivo abafado da vesparasita, e então vejo seu corpo, todo quebrado e deformado, dobrado na beira do buraco enquanto o Serrote desce.

Eu me viro para procurar a Stargrove, mas só ouço o bater de pés no chão e sinto uma dor forte quando

Debra-Lâmpada entra pela porta e espeta as minhas costelas com uma lâmina comprida.

Serrote avança, uivando com uma risada maníaca ao me esbofetear com um dos seus bráculos. Vejo um clarão de luz atrás dos olhos, quando uma dor forte explode dentro de mim, solto um grito que vem do fundo da garganta. Mas o som é silenciado quando o golpe seguinte do Serrote me lança para fora do museu, estilhaçando a janela e lançando vidro açucarado para todos os lados. Ao cair no chão, o impacto do meu corpo faz levantar pelos ares aquela areia preta, e eu saio rolando rua abaixo.

Consigo erguer a cabeça, que parece uma bola de boliche de vinte quilos. Sinto a areia preta nos meus lábios. E tenho a mesma sensação, de quando batemos o dedão do pé em uma quina, irradiar por todo o meu corpo: uma dor quente, aguda e latejante. Ao rolar, percebo que consegui me agarrar à lâmina gigante. Com a pressão quase magnética da ventosa da Mão Cósmica, a lâmina ficou presa na minha mão.

Uma nuvem de areia passa formando uma onda. Cerro os olhos, sentindo uma ardência, e vejo o Serrote vir correndo na minha direção, em cima de suas pernas de tentáculo. Quando ele se movimenta, parece que está escorregando, deslizando e serpenteando ao mesmo tempo.

Ele puxa um bráculo para trás, partindo o ar e fazendo um assovio ao descer retalhando o que está pela frente.

Mal consigo erguer a minha arma até a altura do peito, mas já é o suficiente e é bem a tempo: o bráculo acerta a lâmina, se enrola no meu pulso com força e me derruba no chão, onde eu caio de ombros. Sem a Mão Cósmica, a arma estaria perto de Plutão a essas horas, como uma bolinha de papel lançada pelo Donkey Kong.

O Serrote anda ao meu redor, dando um segundo para eu respirar. Olho em volta, piscando para tentar espantar as lágrimas que fazem meus olhos arder em, tentando buscar alguma coisa no museu, até que...

*Stargrove!* Eu a vejo e lanço um rabisco mental rápido: Stargrove, atacar Serrote.

A reação dela é quase imediata. O chão treme quando ela vem correndo pelo Caminho do Guerreiro, parecendo uma lutadora descendo pela rampa e prestes a entrar no ringue para lutar. Depois de pouco mais de dez passos longos e pesados, ela chega, lançando-se no ar com os membros esticados, parecendo uma estrela-ninja de duas toneladas prestes a mergulhar de barriga em uma piscina.

Mas então o Serrote se vira com uma velocidade impressionante, erguendo um bráculo. Ouço o barulho de uma explosão melequenta e mais ou menos um milhão de contas estouram, saindo do bráculo do Serrote. O ar é tomado por um zumbido.

Eu conheço esse som, mas desta vez está mais baixo e mais fraco, como uma música conhecida tocada em caixas de som portáteis de qualidade duvidosa.

*Vesparasitas*, eu percebo. Mas do tamanho de moscas. Como se fossem... larvas de vesparasitas.

A maioria delas ataca a Stargrove. Outras passam voando por ela e vão dar de cara na parede do centro de visitantes, como uma enxurrada de balões d'água em miniatura.

A eclosão parece ter detonado uma caixa cheia de serpentinas. Stargrove bate contra a parede, e eu penso que ela vai se recuperar de imediato, mas isso não acontece. Ela parece presa, com meleca de larva grudando-a na parede como supercola. Ela debate todos os braços, mas não consegue se livrar.

Stargrove me lança dois rabiscos mentais: Presa. Nojento.

Meu coração aperta. Stargrove, a guerreira imbatível, está na lona. Graças a ela chegamos tão longe, mas ela não poderá nos ajudar mais. E, então, eu ouço:

— Se você golpear o Jack mais uma vez com os seus bráculos, vou invocar uma conjuração tão poderosa que você vai virar do avesso — Quint diz.

Eu me viro. Quint está empunhando o canhão do conjurador! Mas tem alguma coisa diferente...

Serrote solta uma risada.

Bem na hora!

— Eu sou a única criatura que não sente medo nenhum ao ouvir essa ameaça. Quando eu fui transportado por aquele portal asqueroso que vocês, jovens, abriram, eu *virei do avesso*. Depois desvirei. E virei de novo. E virei, e desvirei, e virei. Várias vezes. Eu contei: foram 975 viradas do avesso.

Eu pego no meu capuz.

— Esse capuz é dupla face. Dá pra virar, e desvirar, e usar de qualquer lado, mas isso não faz diferença. Então, isso que aconteceu com você também não faz diferença.

Isso. Xeque-mate.

— Um capuz não é uma criatura viva, seu idiota! — Serrote esbraveja. — Eu falei que sou a única *criatura*, e não a única *criatura e/ou peça de roupa*.

Droga, ele tem razão.

Serrote se vira na direção do Quint.

— E não tente me ameaçar com outra conjuração. Seria tão inútil quanto essa. Muitas criaturas viram vocês enquanto vinham para cá e todas relataram o mesmo: a sua arma foi destruída antes de vocês chegarem nesta dimensão. Vocês não têm poder algum.

Vejo o artefato na mão do Quint e eis que entendo por que ele precisava parar em todos os lugares durante a viagem. Eu sabia que ele estava mexendo no conjurador, mas não percebi que ele estava *reconstruindo a arma com as lembranças que pegou pelo caminho*. Tudo o que ele junto pelo caminho tinha uma finalidade, até o chaveiro, que me fez surtar uns minutos atrás, está preso na lateral do conjurador, segurando duas peças do canhão.

— Sim, o canhão quebrou, mas o Quint reconstruiu e o deixou ainda melhor — eu digo, com orgulho. — Ele sempre faz isso.

*Mas isso não explica o que ele não quer me contar.*

VOCÊ ESTÁ DISPOSTO A APOSTAR A SUA VIDA NESSA PORCARIA, JACK? ACREDITA MESMO QUE O QUE TEM AÍ É O SUFICIENTE PARA ME MACHUCAR? DE VERDADE? PORQUE EU ACHO QUE VOCÊS ESTÃO BLEFANDO.

— É claro — eu digo, sem hesitar.

Quint e Serrote ficam se encarando por uma eternidade. O momento parece não acabar nunca até que Debra-Lâmpada entra em cena, bem devagar e de um jeito todo desengonçado.

— Para a esquerda — Debra diz.

— Para a direita — Olho de Lâmpada diz.

É como ver duas criancinhas tentando brincar de corrida de três pernas pela primeira vez.

— Bom trabalho, senhor! — Debra diz.

— Senhor, o trabalho está muito bom! — Olho de Lâmpada acrescenta.

— Eu disse que estava bom antes, senhor — observa Debra.

— Mas eu disse que estava *muito bom* — Olho de Lâmpada retruca.

Serrote vira para ele e esbraveja.

— Já chega! Estou cansado de ouvir vocês dois discutirem. Sinto um calafrio na espinha cada vez que ouço um de vocês falando. Ou melhor, sentiria, se eu tivesse espinha — Serrote faz uma pausa. — Para deixar claro, só quero dizer que o meu corpo físico não é composto por uma espinha. Isso não quer dizer nada sobre o meu caráter.

— Nós tínhamos entendido, senhor — Debra diz.

— Nós sempre entendemos. Porque você é o melhor, senhor! — Olho de Lâmpada acrescenta.

— Droga, alguém viu meu olho?

As marcas na pele do Serrote se contorcem, como se o corpo todo estivesse revirando os olhos. Ele ergue o braço, do qual sai mais um enxame de pulpas de vesparasitas, que empurram Debra-Lâmpada contra a parede, envolvendo parte do corpo da Stargrove.

Torço para que o Quint encarne o Mestre Conjurador agora e ataque o Serrote. Mas nada acontece, ele só fica ali parado.

Quint, fique à vontade para conjurar... Quando quiser, cara...

Eu engulo em seco. Será que o Serrote estava certo? Será que o Quint está blefando?

Ele olha para mim e morde o lábio, e então deixa o braço cair para o lado.

Meu coração aperta. Estamos ferrados!

O rosto do Serrote se abre em um sorriso cruel.

— O que você acabou de dizer, Jack? Que ele reconstruiu o canhão e o deixou ainda melhor? Que é isso o que o seu amiguinho faz? Me parece que não! — Serrote ri. — É isso que *eu* faço. Eu já falei sobre a quantidade inumerável de próteses e alterações experimentais que fiz em mim mesmo? Foi uma sequência quase incessante de procedimentos! E isso só foi possível por causa da reação que o meu corpo teve ao passar pelo portal. Já contei isso para vocês?

— Sim, contou. Aquela coisa de virar e desvirar, nós ouvimos.

— Mas ouvir não é o suficiente — Serrote diz, deslizando dois bráculos pela barriga. — Vocês precisam *ver*!

— Ah, aquela coisa do controle remoto? — eu pergunto. — Quint, você gosta de mágica, veja isso. Ele vai vomitar um controle remoto pela barriga.

Serrote me ignora.

— Vocês ainda não viram nada — ele diz, e os desenhos pelo seu corpo ficam girando, descendo e subindo. — Mas isto aqui vai deixar vocês de queixo caído.

O Serrote vem na minha direção.

— A sua amiguinha de cinco pontas virou um grafite na parede. O seu conjurador não tem poder nenhum. E estou cansado de ficar de papo-furado, o que é uma pena para todos nós.

Os bráculos do Serrote deslizam pela fenda na sua barriga, e ele puxa a pele para os lados para abri-la. Ele tira várias camadas de carne, revelando um emaranhado de algo pulsante.

Eu jogo a cabeça para trás, estremecendo de nojo. O Quint parece dividido entre colocar o almoço para fora e espiar aquela coisa horrorosa que ainda não sabemos o que é.

Dentro da barriga aberta do Serrote, vejo uma maçaroca de *coisas* brilhantes se contorcendo, montando umas por cima das outras. Uma sai deslizando da barriga e cai no chão. E depois vem outra. E, então, todas elas começam a se agitar, como se estivessem saindo de uma espécie de hibernação. Em um instante, elas tomam todo o chão. São coisinhas horrorosas que correm e deslizam ao mesmo tempo; são uma mistura de cobra com furão.

Uma delas rodeia os tentáculos-perna do Serrote, deixando marcas escuras e oleosas em sua pele.

Então, de uma só vez, elas se posicionam em fileira, como se de repente percebessem que não estão mais confinadas às entranhas do Serrote.

— Quint, vamos — eu sussurro.

Mas o Serrote ri.

— Você — ele diz baixinho para o Quint — não é mais necessário aqui.

Todos juntos, os vermes se movimentam na direção do Quint. Ele tropeça para trás, cai e tenta se levantar, mas os vermes já estão em cima dele, subindo pela sua perna, pendurando-se nas suas roupas. Eles não mordem, só se enrolam em volta dele. Trabalhando juntas, as criaturas parecem uma anaconda, se enrolando em volta e apertando o meu amigo Quint.

— TIRE-OS DAQUI! — Quint grita, batendo na cabeça e no peito freneticamente.

— Quint, tô indo — eu grito, mas um bráculo bate no chão, me impedindo de avançar. Tento pular por cima do bráculo, mas sou empurrado e caio no chão. E, ao me levantar, não vejo o Quint. Ele está enterrado debaixo de uma montanha formada pelos monstrengos do Serrote.

Seguro firme no cabo da espada.

— TIRE ESSAS CRIATURAS DE CIMA DELE! AGORA! — eu grito.

Com a lâmina nas mãos, sou dominado pelo medo e pela raiva.

ESSA LÂMINA QUE VOCÊ NEM CONSEGUE ERGUER PERTENCEU A UM MONSTRO PODEROSO.
E NÓS DOIS NUNCA TIVEMOS OS MESMOS OBJETIVOS.
MAS, AGORA, ISSO MUDOU...

Serrote fica me vendo tentar erguer aquela arma e diz:

— Você acha mesmo que a sua mão ridícula consegue empunhar essa arma?

*Não*, eu penso. *Não, não, não.*

Ergo a cabeça devagar e olho para a estátua. Estou empunhando a espada que pertencia ao Thrull. Aquela que o Thrull usou, neste mesmo lugar, para matar o Horgaz. Foi *essa* a arma que eu escolhi no museu.

Eu me sinto um tonto.

Seguro no cabo da espada, apertando bem os dedos como se ela pudesse me segurar firme no lugar.

— Agarre-se a essa espada, Jack — Serrote diz. — Pois agora o monstro que já esteve com ela nas mãos vai acabar com a sua vida.

Vejo de relance aquela estátua monstruosa e um bráculo, afiado como uma navalha, cortar o ar. Serrote dá um golpe, quebrando o monumento ao meio. Os dois combatentes caem, um para cada lado.

ESTÁTUA PARTIDA!

Parece acontecer em câmera lenta: Horgaz cai para um lado, e o Thrull desaba à frente. Na minha direção. Sinto uma escuridão cair sobre mim como uma onda.

Dou um passo para trás, querendo começar a correr, mas tropeço em uma vesparasita morta e torço o pé. Eu caio e me estatelo no chão, rolando para ficar de costas e desesperado para...

É tarde demais, a estátua está caindo em cima de mim. A única coisa que posso fazer é colocar o braço em frente ao rosto e esperar que a minha vida passe como um filme diante dos meus olhos.

Um barulho estrondoso faz o chão tremer.

Mas... eu não sinto nada.

Espero mais um segundo.

A vida não passou como um filme diante dos meus olhos.

Tá, eu sei que os primeiros treze anos não foram os melhores, mas, poxa... depois a minha vida ficou interessante.

E então eu abro os olhos...

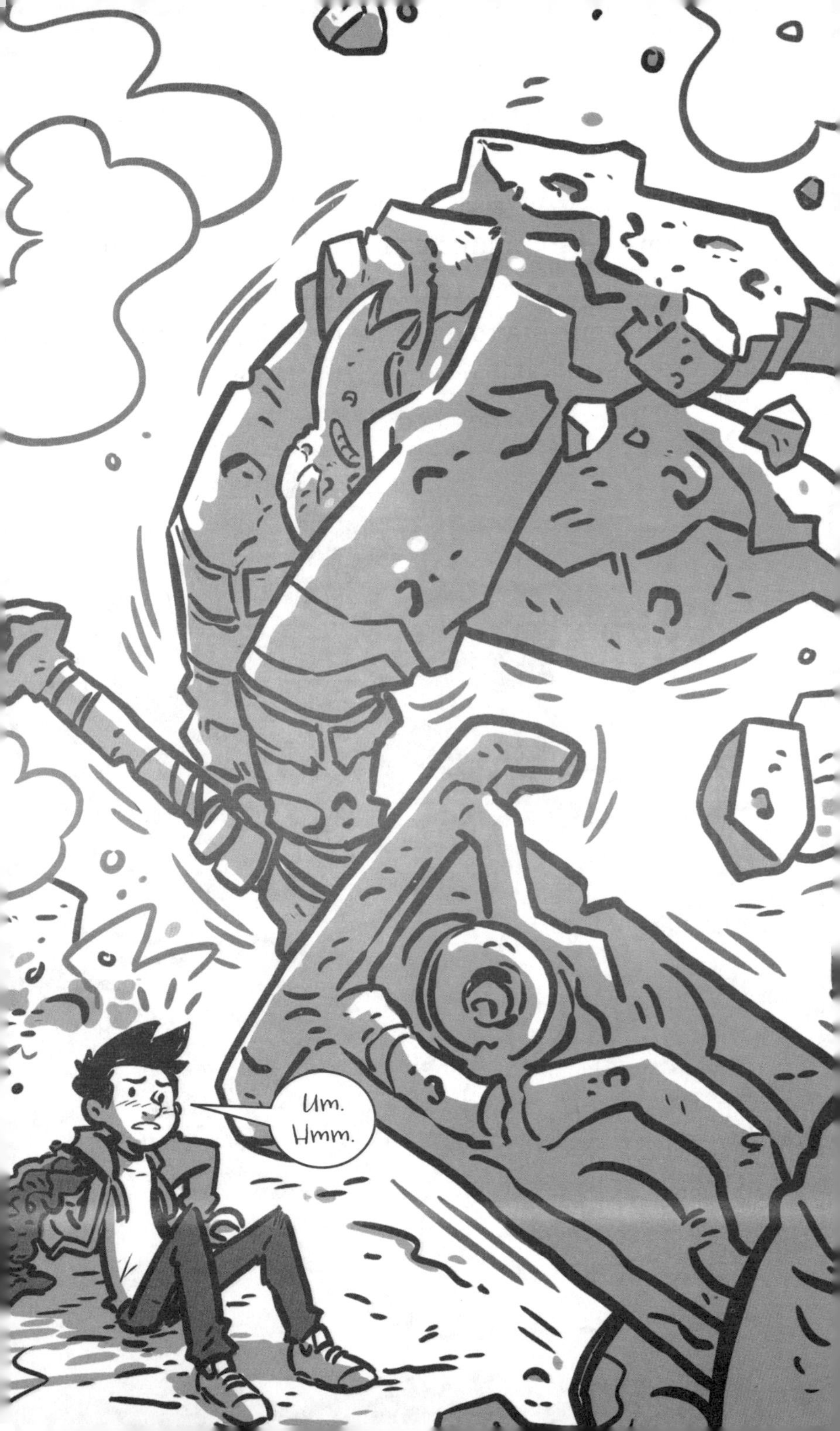
Um. Hmm.

Devagar, olho em volta da estátua. E ouço... a Globlet?

— Isso aí! — ela diz, gritando para o Serrote, que parece estar muito confuso. — Não me chamam de Globlet, a caçadora de monumentos, à toa. Eu tinha um plano pra roubar esse negócio, e você estragou! Mas eu vou levar uma parte embora.

Eu estico o pescoço.

Jack, você acha que isso aqui vai caber no porta-malas? Acho que, se abaixarmos as janelas, dá para pendurar e...

Eu não sei o que fazer primeiro: dar um chute no Serrote? Ou um abraço na Globlet?

Não! Ver como o Quint está. Mas, ao me virar para fazer isso, ouço algo se quebrando. Estico o pescoço para olhar para o alto da estátua e vejo uma pequena fratura que se espalha pelo monumento, vinda da base até o topo e, de repente, percebo que...

CRASH!

# Capítulo Vinte e Um

Tá, *agora* eu vou ver a minha vida passando diante dos meus olhos como um filme. É nisso que penso ao sentir o pedaço da estátua cair em cima de mim e ver tudo ficar preto.

Mas isso não acontece. Só vejo a escuridão, seguida pela mesma imagem horrível: aquilo que eu vi quando atravessava a fenda, a materialização do mais puro horror.

Dessa vez, a imagem dura mais tempo. Quero desviar o olhar, mas não consigo. É sério, não é possível. A imagem está ali, por trás das minhas pálpebras.

E eu penso: *droga, eu vou morrer e nunca vou achar um significado para aquela visão*. As palavras começam a se repetir na minha cabeça como se fosse uma canção de ninar, embalando o meu sono.

*Nunca vou achar um significado. Nunca vou achar um significado. Nunca vou achar um significado.*
ACHAR.

*SIGNIFICADO.*

As palavras começam a se embaralhar na minha cabeça, misturando-se às vozes de fora.

— Achei! — É o Quint. — Achei ele! — ele diz.

E ele está falando de mim, pois sinto o movimento dos escombros saindo de cima de mim.

— FORA! — É o Serrote, esbravejando. — FORA DO MEU CAMINHO!

Sinto algo subindo pelo meu tornozelo. Eu seguro um grito e olho para baixo, esperando ver aqueles roedores horrorosos que se amontoaram em cima do Quint. Mas não são eles, é uma vesparasita.

Mais especificamente, é a vesparasita na qual eu escorreguei. A que estava morta.

Só que... ela não está mais morta. Ela está se mexendo de um jeito todo desastrado e cambaleante, o que me faz lembrar um pouco do jeito como o Alfred caminha.

E então eu me dou conta: essa vesparasita não está morta, ela está *morta-viva*.

Foi a mordida da Stargrove. A Stargrove é uma monstra-zumbi. E zumbis criam zumbis. O que significa que esse lugar, agora, está cheio de vesparasitas zumbificadas.

E isso é aterrorizante, se você não souber como controlar centenas de zumbis.

Eu me lembro das palavras do Ghazt: *agora você é o general, Jack.*

Até agora, eu não tinha parado para pensar no que significava deter os poderes que o Ghazt deteve um dia.

O Ghazt é do mal. Ele servia o R̄eżżőcħ. O Ghazt só me ajudou porque queria se vingar do Thrull. O Ghazt acabou enfraquecido e derrotado, mas foi só pelo erro de quando Evie tentou invocá-lo para o meu mundo. O erro que fez com que sua forma verdadeira e divina fosse substituída por uma monstruosidade ridícula.

E, agora, eu devo assumir a bronca? Usar os poderes? Se eu fizer isso, será um caminho sem volta.

Até onde eu iria para deter o R̄eżżőcħ e salvar a minha dimensão e os meus amigos?

Que pergunta idiota, Jack, é óbvio que eu iria aonde fosse preciso.

Mas e se, ao fazer isso, eu perder o controle?

Sinto o peso do Thrull me esmagar, mas não só por causa da pedra gigante no formato da sua cabeça que está em cima do meu corpo. São as coisas que descobrimos sobre o Thrull que me pressionam. Saber que, em algum momento no passado, ele não era *completamente* malvado. Ele lutou contra os servos do R̄eżżőcħ e seu momento de glória aconteceu aqui, neste chão onde eu estou deitado agora.

Como ele ficou malvado? Ele escolheu ser assim? Ou simplesmente aconteceu?

Será que isso pode acontecer com qualquer um?

Na Fortaleza Proibida, eu vi a June quase morrer. A Mão Cósmica também viu e agiu por conta própria para salvá-la. E aquilo me assustou, porque significava que eu não tinha mais pleno controle da mão, ou de mim mesmo. E se eu não tiver controle sobre mim mesmo, talvez eu não possa controlar aquilo que vou me tornar.

Essa foi a parte mais assustadora.

Mas o Dave viu o meu medo, entendeu e me falou para aceitar. Aceitar e acreditar que tudo daria certo. E é isso que venho tentando fazer. Estou me esforçando muito para isso. Aceitar e continuar em frente mesmo com essa força medonha de outro mundo ficando cada vez mais estranha, maior e fazendo cada vez mais *parte de mim*.

E, agora, sabendo o que eu sei sobre o Thrull, será que eu posso continuar acreditando que estou fazendo o que é certo, quando sei que é impossível ter certeza disso?

Uma luz atinge o meu rosto.

O mundo entra no meu foco de visão, e vejo um monte de destroços sendo removido de cima de mim.

O Serrote aparece na minha frente. Olho para ele e sinto uma dor rasgando o meu braço. A Mão Cósmica se contrai, mas eu tento controlar o impulso. Ainda tenho um mínimo domínio mental sobre o poder da Mão Cósmica. Ela é como um cavalo selvagem no qual estou montado, tentando me segurar.

Outras duas vesparasitas-zumbis aparecem no meu campo de visão. Uma tenta voar, como se não tivesse percebido que está morta, ela até se ergue do chão por um momento, mas cai de volta.

Meus olhos se viram para cima. Serrote não nota as vesparasitas. Tenho a lembrança da voz dele no fundo da minha mente. Fecho os olhos e o vejo.

> O LABORATÓRIO É ONDE CONSTRUO MONSTROS. MAS VOCÊ NÃO PRECISA DE NADA. VOCÊ JÁ ESTÁ NO CAMINHO CERTO PARA VIRAR UMA MONSTRUOSIDADE, SEM MINHA AJUDA.

Meus olhos abrem de novo. E agora, a minha visão está repleta de milhares de rabiscos mentais.

Estou vendo os pensamentos das vesparasitas, o que significa que não é só com a Stargrove que eu consigo me comunicar e dar ordens. Se eu conseguir controlar todas as vesparasitas que estão aqui, então posso ter certeza: se eu voltar para casa, posso controlar todos os zumbis que estão marchando em direção à Torre.

Sinto a mão crescendo em volta de mim, formando o Fatiador, a lâmina da meia-noite, pontiaguda, viva, feita a partir da mesma pele estranha que cobria o corpo do Scrapken. Eu paro de tentar controlar.

Faço um rabisco mental: tirem essa estátua de cima de mim.

Todas juntas, as vesparasitas-zumbis vêm na minha direção, deixando o mundo em uma escuridão completa ao entrarem por baixo do monumento para puxar, empurrar, bicar e cavar o chão e lascar a pedra.

A estátua começa a se mover um pouco. O suficiente para eu conseguir soltar uma perna.

Serrote recua.

— Serrote! — eu grito, me sentando. — Você não percebeu? A sua mente brilhante, que sabe tudo, não pensou nessa possibilidade? Que, se a mão lutasse, tomando o controle do meu ser, então *o seu inimigo seria um monstro*?

De uma só vez, as vesparasitas-zumbis erguem o monumento, e eu fico completamente liberto.

Eu me levanto.

As vesparasitas giram, formando um tornado em volta de mim. Um exército terrível e enorme de mortos-vivos.

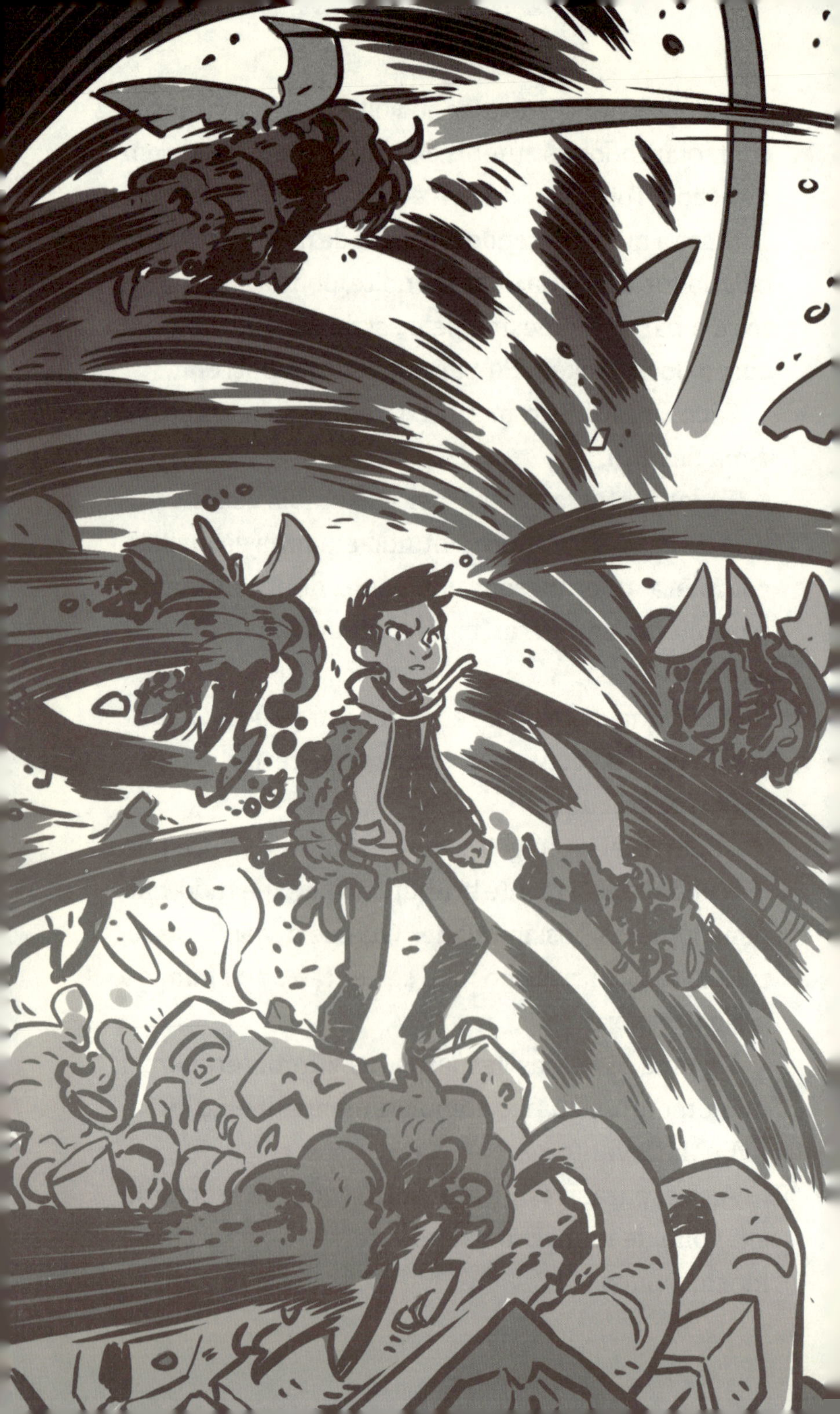

Eu sou o general que o Ghazt disse que eu era. O que significa que eu sou o general que um *deus maligno* queria que eu fosse.

Olho para a destruição do Último Grito: a estátua do Thrull está meio esmagada, a outra virou uma pilha de destroços.

Vejo Globlet e Biscoitinho, e vejo Quint, livre dos roedores, mas com as roupas rasgadas, pedaços de tecido mastigado balançando devagar com o vento, coberto de partículas de destroços. Mas ele está vivo e bem.

E, por meio segundo, penso ver medo no seu rosto, mas não é isso.

O que eu vejo estampado no seu rosto... é confiança.

Confiança em *mim*.

Nem todo mundo tem algo assim. Eu não tinha. Até o mundo acabar. E, agora, cá estou eu, controlando um exército de mortos-vivos. E vejo no rosto do meu amigo que ele confia em mim.

*June, Dirk*, eu penso. *Espero que vocês estejam bem. Porque eu e o Quint estamos quase prontos para voltar para casa.* Só mais uma conversinha rápida com a Shuggoth. E aí já deu para a gente por aqui.

Serrote chama as vesparasitas e ordena que elas me ataquem. Ele berra com elas até que seus gritos viram uma súplica e, então, desiste e simplesmente fica olhando para aquela horda barulhenta. Ele olha para mim com ódio. Mas tem mais alguma coisa no seu olhar. Medo. E admiração.

— Quem você pensa que é...? — ele começa, mas logo fica em silêncio.

> Eu não faço ideia.

O barulho fica cada vez mais alto. Uma massa de criaturas zumbificadas gira, algumas mal conseguindo voar, mas ainda no alto, tentando ficar no ar porque eu as mando ficar.

— Mas logo eu vou descobrir, Serrote — eu digo.

Então, eu mando as criaturas mortas-vivas, todas de uma vez, formando um grande enxame, para cima do Serrote.

NÃÃÃO!!! JACK SULLIVAN, SEU DESGRAÇADO!

— Caramba, que gancho. O que vai acontecer com o Serrote? O que tá acontecendo com o Jack?

— Poxa, vocês viram isso? Foi uma turbinada legal!

— Eu não vi, Dirk. Sabe por quê? Porque ainda estamos aqui na NOSSA dimensão com... isso.

— Ah, é. Drog... O que vai acontecer co[m] a gente? Prec[isa] de um fina[l...]

— Vamos ter que esperar MUITO para descobrir!

— Sério? Putz!

**TODAS AS RESPOSTAS NO DÉCIMO LIVRO DE OS ÚLTIMOS JOVENS DA TERRA, DISPONÍVEL EM BREVE!**

# Agradecimentos

Tenho tanto a agradecer a tantas pessoas incríveis!

Doug Holgate, DUH, por tudo. Leila Sales e Dana Leydig: tenho certeza de que agora tenho uma dívida enorme com vocês. Vocês são maravilhosas. Como sempre, devo muito a Jim Hoover pelo design de capa perfeito e pelo projeto gráfico impecável e inspirador. Ken Wright, você tem coordenado todos os livros de *Os últimos jovens da terra* e sempre com bondade, consideração e cuidado. Tenho tido muita sorte, e essa sorte só aumenta. Meu muito obrigado a Tamar Brazis, mal posso esperar por tudo que ainda está por vir.

Sou tremendamente grato pelo trabalho de tantas pessoas: Debra Polansky, Joe English, Todd Jones, Mary McGrath, Abigail Powers, Krista Ahlberg, Marinda Valenti, Sola Akinlana, Sarah Chassé, Gaby Corzo, Ginny Dominguez, Emily Romero, Elyse Marshall, Carmela Iaria, Christina Colangelo, Felicity Vallence, Sarah Moses, Alex Garber, Lauren Festa, Michael Hetrick, Trevor Ingerson, Kim Ryan, Helen Boomer e toda a equipe da PYR Sales e da PYR Audio.

Sou muito grato, como sempre, a Dan Lazar, Cecilia de la Campa, Alessandra Birch, Torie Doherty-Munro e a todos da Writers House. Abraços enormes para Josh Pruett, Haley Mancini e Mike Mandolese. E o maior agradecimento de todos à minha esposa, Alyse, por me apoiar, me aguentar e me manter com os pés no chão.

# MAX BRALLIER!

Autor que já esteve na lista dos mais vendidos do *New York Times*, *USA Today* e *Wall Street Journal*. Seus livros e séries incluem *Os últimos jovens da Terra*, *Eerie Elementary*, *Mister Shivers*, *Galactic Hot Dogs* e *Can YOU Survive the Zombie Apocalypse?* Ele é roteirista e produtor executivo da adaptação, vencedora do prêmio Emmy, de *Os últimos jovens da Terra* para a Netflix.

# DOUGLAS HOLGATE!

Ilustrador da série que já esteve na lista dos mais vendidos do *New York Times*: *Os últimos jovens da Terra*, que virou uma série premiada pelo Emmy na Netflix, e cocriador e ilustrador dos quadrinhos *Clem Hetherington and the Ironwood Race*, para a Scholastic Graphix.

Trabalha há vinte anos criando livros e quadrinhos para editoras de todo o mundo, a partir de sua garagem em Victoria, Austrália. Ele vive com sua família e um cachorro gordo que talvez seja meio urso-polar, no meio do mato na Austrália, cercado por rochas vulcânicas de oitenta milhões de anos.

Você pode ver mais sobre o trabalho dele em DouglasBotHolgate.com e no Twitter @DouglasHolgate.

# CONFIRA OUTROS

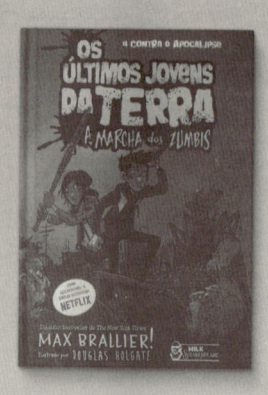

Acesse o site www.faroeditorial.com.br

# LIVROS DA SAGA!

e conheça todos os livros da série.

ASSINE NOSSA NEWSLETTER E
RECEBA INFORMAÇÕES DE TODOS
OS LANÇAMENTOS

www.faroeditorial.com.br

ESTA OBRA FOI IMPRESSA
EM JUNHO DE 2024